U0145481

常用日語會話9◦◦句

※ 編著 于慧、張延紅　　※ 審校 木村聰美

五南圖書出版公司 印行

前言

　　《常用日語會話900句》是一本您隨時都能派的上用場的好書，它是為大專院校學生和日語自學者而編寫的。內容幾乎涵蓋了日常生活和人際交往來各個方面。透過本書的學習，可以讓您在不同的場合，都能用道地而貼切的日語自由流暢地表達您的意思。

　　在本書的編排上採取了依場景區分的形式，而且同一個意思採用了多種表達方法。句子簡潔生動，便於讀者記憶。

　　感謝編者的朋友徐文波、徐修穎、姜丹、寇祺明、王廣輝、姜志清、曲阿敏，在本書成書過程中給予大力協助。衷心希望讀者們的日語學習之路能順暢無阻。同時懇請就本書的紕漏不足之處，提出您的寶貴的意見和建議，謝謝。

編者

目　錄

1 實用會話篇

2 商場實戰篇

3 生活、工作篇

4 面試應對篇

實用會話篇

1.久別重逢的常用句

★お元気^{げん き}ですか？

你好嗎？

★最近^{さいきん}はいかがですか？

最近怎麼樣？

★お変^かわりはありませんか？

別來無恙？

★ご機嫌^{き げん}はいかがですか？

您身體好嗎？

★しばらくでした。

有段時間沒見到你了。

★お久^{ひさ}しぶりですね。

好久不見了。

★ずいぶんお会^あいしていませんでしたね。

好久不見了啊。

★ご無沙汰しておりました。
好久沒見到您了。

★すっかりお見それしました。
我都認不出您來了。

★奥さんもお元気ですか？
您太太也還好嗎？

★相変わらず忙しいですか？
還是那麼忙嗎？

★前よりも若くなりましたね。
你比以前更年輕了。

★この間のご旅行はいかがでしたか？
前些時間您去旅遊了吧，好玩嗎？

★この頃何をやってる？
最近都在忙些什麼？

★みんなが会いたがってるよ。
大家都很想念你。

★ご家族の皆様はお元気ですか？
您的家人都好嗎？

★ここで君に会えるなんて、夢にも思わなかっ

たわ。
做夢都沒想到會在這兒遇到你！

★こんなところで会うとはね。
沒想到會在這兒碰見你！

2.道別時的常用句

❀ 舉一反三

★さようなら！
再見了！

★じゃ、明日、また。
那就明天見了。

★じゃね。
再見。

★また会いましょう。
回頭見。

★お疲れ様でした。
辛苦了。

實用會話

★御機嫌よう！
保重啊！

★お気をつけてください！
路上小心！

★お先に失礼します。
我先走了。

★今日はずいぶんお邪魔しました。
今天太打擾你了。

★じゃ、帰ります。
那我回去了。

★お目にかかれて、嬉しいです。
能和您見面，真是高興。

★李さんによろしく伝えてください。
請代我向李小姐問候。

★お母さんによろしくお伝えください。
請代我向您母親問候。

★そろそろ時間ですので、これで失礼します。
時間差不多了，我告辭了。

★もうかなり遅いので、そろそろ失礼いたしま

す。
很晚了，我該告辭了。

 3.道謝和回應的常用句

• 道謝

🎤 **舉一反三**

🌸 いろいろ手伝（てつだ）ってくれて、どうもありがとう。
謝謝你的幫忙。

🌸 まことにありがとうございました。
真是太感謝你了。

🌸 ご迷惑（めいわく）をおかけして、どうもすみません。
這麼麻煩您，真是謝謝了。

🌸 なんと言（い）っても、ありがとうございます。
無論如何，還是要謝謝你。

🌸 ご厚意（こうい）をいつまでも恩（おん）に着（き）ます。
對於您的好意我將永遠感激不盡。

實用會話

★ 応援していただいて、ありがとうございました。

謝謝您的援助。

★ 温かいおもてなしをいただいて、ありがとうございます。

謝謝您的熱情款待。

★ たいへんお世話になりました。

謝謝您的關照。

★ ご親切にありがとうございます。

謝謝你的熱情。

★ おかげさまで、助かりました。

多虧了您的幫助。

★ お礼を申し上げます。

十分感謝。

・ 回應

🔸 舉一反三

★ いいえ。

不客氣。

★ どういたしまして。

不客氣。

✤ いいえ 、とんでもない 。
別客氣，沒什麼。

✤ 気にしなくてもいいです 。
別放在心上！

✤ いいえ 、ご遠慮なく 。
不必客氣。

✤ いいえ 、なんでもありませんよ 。
這不算什麼啦！

✤ お役に立てば 、嬉しいです 。
我很高興能幫上忙。

✤ お礼には及びません 。
談不上什麼感謝。

✤ あたりまえのことをしただけですよ 。
我只是做了該做的事而已。

✤ そうお礼を言われると恥ずかしいです 。
被您這麼一感謝，我反倒不好意思了。

4.反問時的常用句

實用會話

💬 舉一反三

⭐もう一度お願いします。
請再說一遍。

⭐よく聞こえませんので、もう一度お願いできませんか？
我沒聽清楚，請再說一遍好嗎？

⭐もうちょっとゆっくり話してくださいませんか？
請說慢一點好嗎？

⭐すみません、よく聞き取れません。
抱歉，我沒聽懂。

⭐すみません、電波が悪いので、よく聞こえません。
對不起，訊號不佳，我聽不太清楚。

⭐よく分かりません。
我不懂。

🌸 すみません、意味がよく分かりません。
對不起,我不懂你的意思。

🌸 えっ、どういう意味ですか?
咦,什麼意思?

🌸 えっ、何のことですか?
你說什麼?

🌸 何とおっしゃいましたか?
您說什麼?

🌸 本気ですか?
你是認真的嗎?

🌸 マジ?
當真?

 5.無言以對時的常用句

💬 **舉一反三**

🌸 考えさせていただきます。
請讓我想一想。

實用會話

★ちょっと待って。
等一下。

★どうしても思いだせませんね。
我怎麼也想不起來。

★何を言っていいか分かりません。
我不知道該說什麼。

★当てはまる言葉が出てこないです。
我想不出一個適當的字眼。

★口の中に回ってるんだけど、言い出せないよ。
話就在嘴邊，但我就是說不出來！

 ## 6.不知如何判斷的常用句

★わかりません。
我不知道。

★よく分かりません。
我不太懂。

★まだ確実ではありません。
還沒確定。

★まだ決めていません。
還沒決定。

★最終の結論はまだおりてません。
最終的結論還沒出來。

★わかんない。
我不知道。

★どうしたらいいか分かりません。
我不知道該怎麼辦。

★もうしようがないね。
已經無能為力了。

★なにが起こるかだれがわかるかい？
天知道會發生什麼事！

★迷っています。
我拿不定主意。

★うそ！
我不信？

★マジ？

真的嗎？

★違うでしょう。
應該不是吧！

 7.道歉的常用句

★ 舉一反三

★すみません。
對不起。

★ごめんなさい。
對不起。

★ごめんね。
對不起。

★申し訳ございません。
對不起。

★恐れ入ります。
不好意思。

★ 許^{ゆる}してください。

請原諒我。

★ 悪^{わる}かった、悪^{わる}かった。

對不起，對不起。

★ 謝^{あやま}るぞ！

我道歉。（男子用語，用在親密的人之間）

★ お詫^わびいたします。

我道歉。

★ もう怒<sup>おこ</sup >ってないよね。

別生氣了嘛。

★ たいへん失礼^{しつれい}なことを言^いいました。申^{もう}し訳^{わけ}ご
ざいません。

我說了不應該說的話，真對不起。

★ 昨日^{きのう}、ひどいことを言^いって、ごめんなさい。
私^{わたし}の本心^{ほんしん}だと思^{おも}わないでね。

昨天我說的話太過分了，對不起。別當真啊。

★ 私^{わたし}のせいです。

是我不好。

★ 君^{きみ}のせいじゃないよ。

那不是你的錯。

★ 私もすこし間違っていると思います。

我覺得自己多少有點不對。

★ いいよ。誰のせいでもないよ。

好了，大家都沒有錯。

★ ちょっと失礼します。

失陪一下。

★ 私の不始末です。

是我不小心。

★ どうかご容赦ください。

請你原諒我。

★ 私が間違っていました。申し開きのしようも
ありません。

是我不對，我無話可說。

★ どう謝ればいいか分かりません。

不知要如何向你道歉。

★ わざとじゃないよ。

我不是故意的。

★ それは仕方がなく、やったことです。

那是沒有辦法才這樣做的。

🌸 お待たせしました。

真抱歉，讓你久等了。

🌸 私、ばかなことをやっちゃって、すみませんでした。

是我做了蠢事，對不起。

🌸 何の役にも立たなくて、どうもすみませんでした。

很抱歉沒幫上你什麼忙。

🌸 いろいろご迷惑をかけました。

給你添了很多麻煩。

 ## 8.同意、贊成的常用句

➕ 舉一反三

🌸 ええ、私もそう思います。

嗯，我也這麼想。

🌸 はい、分かりました。

是，我懂了。

★意味が分かります。

我懂你的意思。

★まったくその通りだ。

就是那樣的。

★なるほど。

確實是。（原來如此。）

★いいですよ。

可以啊。

★まったくおっしゃった通りです。

就是你說的那樣。

★贊成です。

我贊成。

★そうしましょう。

那就這樣做吧。

9.反對的常用句

實用會話

🔸 舉一反三

🍁そうとは思いません。
我不認為是這樣。

🍁そうでもないよ。
不見得。

🍁とてもその気はございません。
我不那樣覺得。

🍁あれはちょっと賛成できませんね。
我不太同意。

🍁どこか間違っていないかと思いますけど…
我覺得是不是什麼地方弄錯了。

🍁その点については、あなたの考えと違いますが…
就那一點而言，我和你的想法不一樣。

🍁間違いないでしょう。

我想會不會弄錯了。

★絶対間違いました。
肯定錯了。

★冗談じゃん。
開玩笑吧？

★それはいただけない意見です。
我不能接受那樣的意見。

 10.請求許可的常用句

舉一反三

★ちょっと手伝ってくれませんか？
你願意幫我一個忙嗎？

★お願いしたいことがありますが…
我能請你幫個忙嗎？

★お願いしますよ。
拜託了。

★ 頼^{たの}むわ。

拜託了。（女子用語，一般用於上級對下級，或親密的人之間）

★ タバコを吸^すってもよろしいですか？

我可以抽菸嗎？

★ 入^{はい}っていいですか？

我可以進來嗎？

★ お手洗^{てあら}いを借^かりたいんですが…

我想借用一下洗手間，可以嗎？

★ お電話^{でんわ}を使^{つか}ってもいいですか？

我可以用一下電話嗎？

★ 拝見^{はいけん}させていただきます。

請讓我看一看。

★ ちょっと失礼^{しつれい}させていただきます。

我可以失陪一下嗎？

★ 母^{かあ}さん、車^{くるま}貸^かしてちょうだい。

媽媽，把你的車借我一下。（女子用語）

★ 明日休^{あしたやす}みたいですけど、よろしいですか？

我想明天休息可以嗎？

★今、お伺いしようと思いますけど、よろしい
でしょうか？
我想現在去拜訪您，可以嗎？

11.詢問意見的常用句

💬 舉一反三

★これでいいですか？
這樣可以嗎？

★これはどうですか？
這個怎麼樣？

★この本はどうですか？
這本書怎麼樣？

★こう手配すると、いかがですか？
這樣安排怎麼樣？

★こうしたらいかがですか？
你覺得這樣做可以嗎？

★スケジュールはこれでいいですか？

行程這樣安排妥當嗎？

 12.勸誘時的常用句

舉一反三

★一緒_{いっしょ}に行_いきませんか？

要不要跟我一起去？

★買_かい物_{もの}に行_いきませんか？

要不要去逛街？

★コーヒーでも飲_のみませんか？

要不要喝杯咖啡什麼的？

★映画_{えいが}なんか見_みにいかない？

去看個電影怎麼樣？

★一緒_{いっしょ}に来_きたらどうですか？

和我一起來怎麼樣？

★食_たべたいですか？

想吃嗎？

實用會話

★プールに行きましょう。
去游泳池游泳吧。

★今夜会いましょう。
今晚聚聚吧！

★本人が行った方がいいと思いますよ。
我覺得還是本人去比較好。

★あしたにしましょう。
明天吧！

 13.答應時的常用句

✤ **舉一反三**

★よし！
太好了！

★いいじゃん。
不錯嘛。

★分かりました。
我知道了。

✿ 問題_{もんだい}ないです。

問題ないです。

沒問題！

✿ オーケーです。

OK。

✿ いいアイディアですね。

真是好主意。

✿ どうでもいいですよ。

我無所謂啦！

✿ できればやりますけど…

如果做得到，我就會做。

✿ 言_いわれたらやりますけど…

如果要我去做，我就會去做。

✿ 君_{きみ}の事_{こと}なら、いつでも喜_{よろこ}んでやるよ。

只要是你的事，我什麼時候都樂意效勞。

✿ そうしましょう。

就這麼說定了！

✿ 任_{まか}せてください。

交給我吧。

✿ 真剣_{しんけん}に考_{かんが}えます。

我會認真考慮的。

 14.拒絕時的常用句

實用會話

💬 舉一反三

⭐ いいえ、けっこうです。
不，不用了。

⭐ だめ！
不行！

⭐ 無理_{むり}ですよ。
不行哦！

⭐ なに、それ！
那是在幹嘛？

⭐ どうしようもないね。
我沒辦法啊！

⭐ すみませんでした。
對不起。

✿やっぱりやらないほうがいいと思います。

還是不做的好。

✿たぶんだめだと思います。

可能不行。

✿どうして私じゃないとだめなの？

為什麼非我不可？

✿おかしいじゃん。

真可笑！

✿馬鹿なことをするな！

別傻了！

✿よくないだろう。

那不太好吧！

✿そう言わなくてもいいのに…

你不該那麼說的。

✿そう言われると、困るよ。

這麼說來還真傷腦筋呢。

✿そんなこと、私にはできませんよ。

這對我來說太難了。

✿すみませんが、今手が離せないんです。

抱歉，我現在沒空。

★今、ちょっと忙しいので…
真抱歉，我現在在忙。

★できることなら、ご協力したいんですが…
如果可以的話，我是很想幫忙，但是……

★多分お役に立てないと思います。
我可能幫不上忙。

★申し訳ございませんが、ほかの用事がありま
して…
真對不起，我還有別的事。

 15.詢問方便與否的常用句

舉一反三

★ご都合は？
你方不方便？

★ご都合はいかがですか？
你方便嗎？

實用會話

★ ご都合のいい日はいつですか？

你哪天比較方便？

★ パーティーはいつにしたらいいですか？

哪一天舉行宴會較好？

★ こっちに来てもらえますか？

你能來嗎？

★ この木曜日はいいですか？

這個禮拜四可以嗎？

★ 明日暇ですか？

你明天有空嗎？

★ 山ちゃん、忙しい？

阿山，現在很忙嗎？

 16.勸告、建議的常用句

 舉一反三

一つ提案ですけど…

我有個建議……

★意見を言ってもいいですか？
我能提點建議嗎？

★一緒に行ったらどうですか？
一起去怎麼樣？

★今すぐはじめたほうがいいと思いますよ。
最好馬上就開始。

★ちょっと注意したほうがいいですよ。
你最好小心點。

★早く言いなさいよ。
快說吧。

★どうぞ、おかけください。
您請坐。

★どうして朝ごはん食べないの？
你為什麼不吃早餐？

★そうしてはいけないよ。
你可不能那樣做。

★はやくしないと、間に合わないよ。
不快一點會來不及的。

★たぶん一緒に行ったほうがいいですよ。

或許你和我們一起去比較好。

★ はやくしてよ！

快一點嘛。

★ はやくしろ！

快點！

★ 今になると、あきらめようとしてもできませんよ。

事到如今，不能打退堂鼓了。

★ 自分でやりなさい。

你自己做吧！

★ 危ないことをしないでください。

最好不要冒險。

★ 落ち着いて。きっとうまく行くよ。

冷靜一點，事情會好轉的。

★ 働きすぎると、病気にかかる恐れがありますよ。

不要工作過度，否則會累出病來的！

★ 時間のことを心配しないでください。

請別擔心時間的問題。

急がないで、ゆっくりやってください。

別急，慢慢來。

心配しないで、一生懸命やったんだから。

別擔心，你已經盡力了。

気にするなよ。一生懸命やれば OK だよ。

別在意，盡力就好。

17.禁止、責難的常用句

舉一反三

黙ってくれ！

閉嘴！

これから学校に遅刻してはだめですよ。

你上學不要再遲到了！

いたずらをやめなさい！

不要惡作劇！

こんなにこだわらなくてもいいですよ。

不必這麼拘束的。

☆馬鹿にするな！
別把我當傻瓜！

☆うそつき！
騙人！

18.讚賞的常用句

 舉一反三

☆よかった！
好極了！

☆すばらしい！
棒極了！

☆もう、最高！
太棒了！

☆いいですね。
不壞嘛！

☆いいじゃん。
不錯嘛！

實用會話

★よくできました！
做得好！

★たいしたもんですね。
真了不起！

★お上手ですね。
真棒！

★すごいですね。
真厲害耶！

★すげー！
真厲害！

★不思議ですね。
太不可思議了！

 19.安慰、關懷的常用句

＊ 舉一反三

★どうしたんですか？
你怎麼了？

★元気がなさそうですね。
你看起來很沮喪。

★いったいどうしたの？
到底怎麼了？

★何かあったんですか？
出了什麼事嗎？

★がっかりしないでください。
別失望！

★元気を出してね。
打起精神來！

★心配しないでください。
別擔心了。

★残念ですね。
太可惜了！

★気にしないでください。
別放在心上。

★悲しまないでください。
別難過了！

★しっかりしてよ。

振作起來吧！

★くよくよするな。
別想不開了！

 20.抱怨的常用句

🔹 舉一反三

★いやだ！
討厭！

★冷たいね。
真無情！

★困りますよ。
我很為難的。

★もういい！
夠了！

★もう何回も言ったのに…
我說過多少次了……

★知らない！
我不管！

★<ruby>何様<rt>なにさま</rt></ruby>のつもりだ！
你以為你是誰！

★<ruby>怪<rt>け</rt></ruby>しからん！
豈有此理！

21.喜悅的常用句

★やった！
太棒了！

★<ruby>嬉<rt>うれ</rt></ruby>しい！
真開心！

★<ruby>今日<rt>きょう</rt></ruby>はとても<ruby>楽<rt>たの</rt></ruby>しかったです。
今天非常高興。

★<ruby>喜<rt>よろこ</rt></ruby>んでいます。
非常高興。

實用會話

★うきうきしています。
喜不自禁。

★にこにこしてるけど、何かいいことでもあったの？
看你笑瞇瞇的，有什麼好事嗎？

 22.驚訝的常用句

❀ 舉一反三

★まさか！
怎麼會？

★マジ？
是真的嗎？

★あきれた！
真讓人吃驚！

★信じられません。
我簡直不敢相信。

★えっ？本当ですか？

咦，是真的嗎？

★ 驚きました！
嚇了一跳。

★ はっとしました。
大吃一驚。

★ びっくりしました。
嚇了一跳。

★ 冗談じゃないですか？
開玩笑吧？

★ うそじゃないですか？
不是說謊吧？

★ ひょっとして、宮崎さん？
莫非是宮崎？

★ まったく思いもよりませんでした。
真是想也想不到。

★ そんなことになるなんて、夢にも思いません
でした。
真是做夢也沒想到事情會發展成這樣。

23.確定、不確定的常用句

✿ 舉一反三

✿ <ruby>確<rt>たし</rt></ruby>かに。
確實是。

✿ もちろん。
當然了。

✿ <ruby>当然<rt>とうぜん</rt></ruby>ですよ。
當然。

✿ <ruby>当<rt>あ</rt></ruby>たり<ruby>前<rt>まえ</rt></ruby>じゃん。
當然了！

✿ <ruby>当然<rt>とうぜん</rt></ruby>でしょう。
當然了。

✿ それはあたりまえだよ。
那是理所當然的。

✿ <ruby>確認<rt>かくにん</rt></ruby>してもらいましたか？
已經確認過了嗎？

★ 信じたほうがいいです。

你最好相信。

★ それは間違いないです。

這是毫無疑問的。

★ たぶんそうでしょう。

大概是那樣的吧！

★ 信じています。

我相信是如此。

★ 正直に言うと、私にも分かりません。

老實說，我也不知道。

★ おそらくそうでしょう。

大概是這樣吧！

★ 確信しております。

我確信。

★ まだ確定していません。

還不能確定。

★ 信じてくれないと、かけてもいいよ。

不信的話，我可以和你打賭。

24.失望的常用句

實用會話

🌼 舉一反三

⭐ 緊張しすぎだわ、光。

小光，你太緊張了。

⭐ 残念ですね。

太可惜了！

⭐ 彼に失望しました。

我對他失望了。

⭐ 試合に負けちゃった！がっかりしたよ。

比賽失敗了，太令人失望了！

25.遭遇麻煩時的常用句

💬 舉一反三

★ 俺<ruby>おれ</ruby>だって、しようがないよ。
我無能為力啊！

★ 怖<ruby>こわ</ruby>い！
太可怕了！

★ 恐<ruby>おそ</ruby>ろしい女<ruby>おんな</ruby>！
可怕的女人！

★ ついていないな！
太不走運了！

★ どうしようもないですね。
一點辦法都沒有。

★ 大<ruby>おお</ruby>馬鹿<ruby>ばか</ruby>！
大傻瓜！

★ 君<ruby>きみ</ruby>の馬鹿<ruby>ばか</ruby>！
你這個傻瓜！

★いい加減にしなさい。
夠了！

★ヤバイ！
糟了。

★しまった！
完了！

★困ったな！
真讓人頭疼！

 26.疲倦時的常用句

●● 舉一反三

★疲れてくたくたになりました。
我已經筋疲力竭了。

★疲れた！
好累啊。

★疲れてたまらないよ。
我快累死了。

✿ くたくたに疲れた！
累死人了！

✿ へとへとに疲れはてたよ！
累得筋疲力盡。

✿ 足が棒になった！
腿累僵了。

✿ もうこれ以上歩けないよ。
已經再也走不動了。

 27.後悔時的常用句

✿ 舉一反三

✿ くやしい！
我真後悔。

✿ 知ってたら来なかったよ。
早知道就不來了！

✿ もう何回も教えてあげたのに…
我告訴你多少次了！

實用會話

★いったいだれのせい？
到底是誰的錯？

★やめてよ！
別這樣！

★ぼくのせいにするな！
難道你怪我不成？

 28.反駁時的常用句

💬 舉一反三

★ぼくじゃないよ。
不是我。

★あたしやってません。
不是我幹的。

★わざとじゃないですよ。
我不是故意的。

★どうして私にやらせるですか？
為什麼要我做？

✦ どうしてだめなの？

為什麼不可以？

✦ すぐやってくれ！

你馬上去做！

✦ 何をブツブツ言ってるの？

你嘟嘟囔囔地說什麼？

29.詢問興趣的常用句

💬 舉一反三

✦ ご趣味は何ですか？

你的興趣是什麼？

✦ 何か好みがありますか？

你有什麼嗜好嗎？

✦ 趣味悪い！

真沒品味！

✦ 一番好きなのは漫画を読むことです。

我最喜歡看漫畫。

★ 趣味は音楽です。

我的愛好是音樂。

★ 私たちは共通の趣味がたくさんありますね。

我們有許多共同的嗜好。

★ あなたはファッションのセンスがとてもいいですね。

你對時裝很有品味呢！

★ それは個人的な好みです。

這是個人喜好的問題。

★ この絵は私の好みに合わないです。

這幅畫不合我的口味。

30.詢問出生地、學校的常用句

舉一反三

★ 出身地はどこですか？

你是哪裡人？

★ どこで生まれましたか？

你是哪裡出生的？

★あなたはどこの大学で勉強しましたか？

你讀哪所學校？

★神戸大学で勉強しました。

我以前讀神戶大學。

★1998年卒業したんです。

我一九九八年畢業。

★大学四年生です。

我是大學四年級的學生。

★ご専攻は何ですか？

你主修什麼？

★歴史です。

歷史。

31.詢問工作的常用句

舉一反三

★お勤め先はどこですか？
你在哪兒工作？

★お仕事は？
你的工作是……？

★どこの会社に勤めていますか？
你在哪一家公司工作？

★どんな仕事ですか？
那是什麼樣的工作呢？

★事務所はどこですか？
你的事務所在哪裡？

32.詢問家人的常用句

• 詢問

✿お子さんは何人ですか？

你有幾個小孩？

✿子供がいますか？

你有小孩嗎？

✿結婚しましたか？

你結婚了嗎？

✿ご主人はおいくつですか？

你丈夫多大歲數了？

✿ご家族は何人ですか？

你家有幾個人？

✿兄弟がいますか？

你有兄弟姊妹嗎？

✿何の仕事をしていますか？

他是做什麼的？

● 回答

舉一反三

★独身^{どくしん}ですよ。
我還沒結婚呢！

★まだ一人^{ひとり}です。
（我）還是單身。

★兄^{あに}（姉^{あね}）がいます。
我有哥哥（姊姊）。

★九人^{きゅうにん}です。
我家有九個人。

★核家族^{かくかぞく}です。
是個小家庭。

33.天氣的常用句

舉一反三

★天気はどうですか？

天氣如何？

★今日の天気はどうですか？

今天天氣如何？

★明日の天気はどうなるか分かりますか？

你知不知道明天天氣怎麼樣？

★明日もいい天気だと思いますか？

你覺得明天也會是好天氣嗎？

★天気予報のとおりだといいけど…

真希望像天氣預報的那樣。

★晴れるといいですね。

希望天氣會放晴。

★天気がわるくなりそうですね。

看來似乎要變天了。

★今日は雨がふると思いますか？

你覺得今天會下雨嗎？

★このごろ、天気が変わりやすいです。

最近天氣多變化。

★朝は曇りでした。

早上是陰天。

★いいお天気ですね。

天氣很好，不是嗎？

★晴れています。

是晴天。

★曇りです。

是陰天。

★雪が降りました。

下雪了。

★よく晴れています。

天氣非常晴朗。

★日本晴れです。

萬里無雲。

★曇りになりました。

天氣轉陰了。

★天気がわるくなると思いますよ。

我想天氣要變壞了。

★雨が降りそうです

好像要下雨了。

★雨が降り始めました。

開始下雨了。

★大雨です。

雨下得很大。

★たぶん通り雨だから、ちょっとあまやどりしていきましょう。

大概只是陣雨而已，我們稍微避一下吧。

★どしゃ降りの雨に遭いました。

遇上了傾盆大雨。

★最近の天気はひどいですね。

最近的天氣真糟！

★まだ雨は降ってきませんか？

雨還在下嗎？

★雨がすぐ上がりそうです。

雨就快停了。

★雨がやんで空が晴れてきました。

雨過天晴了。

★風が吹きはじめました。

起風了。

★風が強いです。

風很大。

★風がだんだん弱くなりました。

風漸漸變小了。

★南風が吹いています。

正在刮南風。

★雪が降り始めました。

開始下雪了。

★雪が 10 センチほど積もっています。

雪積了十公分厚。

★一面真っ白になりました。

大地雪白一片。

★天気予報では、今日朝の内吹雪くって…

天氣預報說今天早上有暴風雪。

34.寒暖的常用句

💬 舉一反三

★今日は暑いですね。
今天好熱，是不是？

★今日は暖かいです。
今天很暖和。

★だんだん暖かくなってきました。
天氣逐漸暖和起來了。

★暑くてたまらないよ！
實在太熱了！

★蒸し暑いです。
天氣很悶熱。

★涼しいです。
天氣涼爽。

★このごろ、朝晩が寒くなりました。
最近這幾天早晚都很涼。

實用會話

★今日は寒いです。
今天很冷。

★ばかに寒い！
冷得要命。

★とんでもない寒いです。
冷得不得了。

★冷え込んでいます。
寒冷透骨。

35.日期的常用句

舉一反三

★今日は何月何日ですか？
今天是幾月幾日？

★今日は何曜日ですか？
今天是星期幾？

★いつ出発しますか？
你什麼時候動身？

★お誕生日はいつですか？
你的生日是什麼時候？

★おととい　（きのう）　（今日）。
前天　　　（昨天）　　（今天）。

★あした　（あさって）　（この間）。
明天　　（後天）　　　（前些日子）。

★二三日後。
兩三天後。

★数日のうちに（数日後に）。
幾天內　　　　（幾天後）。

★一週間以内。
一週內。

★すぐ　　　　　（今のところ）。
立刻；馬上　　（目前）。

★将来　（現在）。
將來　（目前）。

★近いうちに。
不久的將來。

★遅かれ早かれ。

遲早。

★これから1ヶ月の間に 。
未來一個月內。

★この三年の間に 。
這三年中。

★一年中 。
整年。

★過去五年の間 。
過去五年中。

★一年ごとに 。
每年一次。

★2週おき 。
每隔兩週。

★一日おき 。
每隔一天。

★最初 （初めて）。
起初 （第一次）。

★できるだけはやく 。
儘快。

60

36.時間的常用句

😃 舉一反三

★ 列車は何時に出ますか？

火車幾點開？

★ 駅までどれぐらいかかりますか？

到車站要花多少時間？

★ じゃ、何時出発したらいいですか？

那麼幾點鐘要出發呢？

★ いつ昼ご飯を食べられますか？

我們什麼時候能吃午飯啊？

★ 映画は何時から始まりますか？

電影幾點開始？

★ 7時からです。

7點開始。

★ どのくらい続きますか？

會持續多久？

★ 何時に来られますか？

你幾點能來？

★ 8時に来られますか？

你 8 點能來嗎？

★ 私の時計では、8時 25 分です。

我的錶是 8 點 25 分。

★ あなたの時計は正確ですか？

你的錶準不準？

★ 私の時計は正確ではありません。

我的錶不準。

★ この時計は一日に6分ほど進んでいます。

我的錶一天快 6 分鐘。

★ 私の時計は6分ほど遅れています。

我的錶一天慢 6 分鐘。

★ 時間を守らなければならないですよ。

你應該守時的。

★ そろそろ出発時間ですよ。

差不多該出發了。

★ もう時間がなくなった。

已經沒時間了！

★まだ時間の余裕があるよ。
還有時間。

★時間のやり取りがつきません。
抽不出時間來。

★じゃ、時間を作ります。
那我抽出時間來。

★間に合いますか？
來得及嗎？

★今何時ですか？
現在幾點了？

★後何分ですか？
還有幾分鐘？

★お尋ねしますが、今何時ですか？
請問一下，現在幾點？

★まもなく9時です。
快9點了。

★9時15分です。
9點15分。

★9時5分前です。

差 5 分 9 點。

★9時半です。

9 點半。

★9時7分です。

9 點 7 分。

★9時です。

9 點。

★ちょうど9時です。

9 點整。

★まだ9時になっていないだろう。

大概還不到 9 點吧。

★9時過ぎです。

過 9 點了。（9 點多了。）

② 商場實戰篇

1.商場、零售店

店員用語

・招呼顧客

★ いらっしゃいませ！
歡迎光臨。

★ 冬物処分でございます。
冬季商品大拍賣。

★ 在庫一掃のバーゲンセールでございます。
清倉大拍賣。

★ 本日限りですよ。
只限今天。

★ 何をお探しでしょうか？
您想買什麼？

★何にしましょうか？
您要什麼？

★どうぞごゆっくりお買い物をお楽しみください。
請慢慢享受購物樂趣。

★どうぞごゆっくりご覧ください。
請慢慢看。

★どうぞご自由にご覧ください。
請隨便看。

★どうぞ手にとってご覧ください。
您拿在手裡看看吧。

★ほかに何かお買いたい物はありませんか？
您還有什麼要買的東西嗎？

★何を差し上げましょうか？
我能為您做些什麼？

★資生堂はこちらです。どうぞこっちにいらっしゃってください。
資生堂在這兒，請您過來看。

★どういたしまして。
不客氣。（沒關係。）

★ 少々お待ちください。すぐ参ります。

請等一下，我馬上就來。

★ どう思いますか？

您覺得怎樣？

★ ご満足いただけますか？

您滿意嗎？

★ これならきっとご満足いただけると思いますよ。

這個我想您一定滿意。

★ この値段はいかがですか？

您覺得這個價錢合適嗎？

★ ご予算はいくらですか？

您的預算大概多少？

★ こちらの方がお買い得ですよ。

買這個比較划算。

★ これはただ今お買い得になっております。

現在買這個很划算。

★ お好きにしてください。

隨您便吧。

商場實戰

★いかがですか？お気に召しますか？
怎麼樣，您喜歡嗎？

★いかがですか？お決まりになりましたか？
怎麼樣，你決定了嗎？

★いかがですか？お買いになりますか？
怎麼樣，您要買嗎？

★今ならお買い得ですので、お一ついかがですか？
現在買的話很划算。怎麼樣，要買一個嗎？

★いかがですか？お試しになっては？
怎麼樣？要試試看嗎？

★はい、すぐ持って参りますので、少々お待ちください。
好的，我馬上拿來給您，請稍等。

★デザインもいいですし、色合いも奥さんにあいます。
款式時髦，顏色也很適合夫人您。

★これは今流行のデザインなんですが…
這是目前流行的款式。

★どうぞお試しください。

請試試看吧。

★これは一番お買い得ですよ。

這個最物美價廉。

★これはとても売れてるのです。

這個目前很暢銷。

★これがお勧めですよ。

我建議您買這個。

★これは自然志向なんです。

這是天然成分。

★申し訳ございません、品切れでございます。

很抱歉，已經賣完了。

★申し訳ございませんが、ただ今品切れでございます。

很抱歉，剛好缺貨。

★しばらく在庫を切らしております。

暫時沒貨。

★申し訳ございませんが、ただ今切らしています。

對不起，現在正好賣完了。

★まだ仕入れreturnておりません。

還沒進貨。

★ご注文いただけます。

可以訂購。

★この商品はあまり扱っておりません。

這件貨品難得有。

★もっと大きいのは扱っておりません。

這兒沒賣更大一點的。

★今とても人気商品なんです。

現在這件商品賣得很好。

★これはブランド商品です。

這是名牌貨。

★これは最新のデザインですよ。

這是最新式樣。

★お包みいたしますか？

要幫您包起來嗎？

★どこにお置きすればいいですか？

要放在哪裡較好呢？

★毎度ありがとうございます。

謝謝您每次光臨。

☆またお越しくださいませ。
歡迎再來。

☆またのご来店をお待ちしております。
歡迎再次光臨。

☆またよろしくお願いいたします。
還請多多關照。

• 結算收款

🔖 **舉一反三**

☆レジでご勘定をお願いします。
請到收銀台付款。

☆そこのレジで勘定してください。
請在那邊的收銀台結帳。

☆レジはあそこです。そこでお金を払いになってください。
收銀台在那裡。請到那裡付款。

☆今すぐ計算いたします。
我馬上給您結算一下。

☆お待たせしました。

譲您久等了。

★2500 円になります。
是 2500 日圓。

★18 万円のお買い上げでございます。
您買了 18 萬日圓的東西。

★1 万円をいただきました。
收您 1 萬日圓。

★2500 円をお預かりします。
收您 2500 日圓。

★おつりは 3400 円です。
找您 3400 日圓。

★クレジットカードも取り扱っております。
我們也受理信用卡。

★トラベラーズチェック扱いません。
不受理旅行支票。

★おつりをお確かめください。
請確認找的零錢。

★お金はレジでお支払いください。
請把錢交到收銀台。

74

★ 領収書はご入り用ですか？

您要開收據嗎？

・送貨

📗 舉一反三

★ これは商品引き替え券です。

這是您的取貨單。

★ うちは無料で配達することができます。

我們可以免費配送。

★ 送料は 500 円となります。

運送費 500 日圓。

★ ここにご住所、お電話番号をお書きください。

請在這兒寫下您的地址和電話。

★ ご希望の配達日はいつでしょうか？

您希望什麼時候送貨？

★ 今日のスケジュールはもういっぱいになりますので、配達は明日以降になります。よろしいですか？

今天的行程已經滿了，送貨得到明天以後，可以嗎？

顧客常用語

• 與賣方的交易

舉一反三

★すみません。
打擾了。

★すみませんが、あれを見せてもらえませんか？
對不起，能把那個給我看一下嗎？

★これを見てみてもいいですか？
可以看一下嗎？

★あれを見せてくれませんか？
讓我看看那個好嗎？

★これはいくらですか？
這個多少錢？

★値段はいくらですか？
這個價錢是多少？

★靴下を探してるんですけど…
我想買襪子。

商場實戰

★革のジャンパーがほしいんですが…
我想買皮夾克。

★コートを探してるんですけれども…
我想買件大衣。

★腕時計が買いたいんですけど…
我想買手錶。

★イタリア製のバックを見せてもらえますか？
能給我看看義大利製的包包嗎？

★試してもいいですか？
我可以試一試嗎？

★これがほしいものです。
這正是我需要的。

★じゃ、これにします。
好的，我買下了。

★それじゃ、これをください。
那麼我就買下了。

★ほかには要らないです。
我不需要其他的了。

★いいえ、どうもありがとう。これらで結構で

す。
不，謝謝，這些就好了。

★いつまたジーンズが入_{はい}りますか？
你們什麼時候還會再進牛仔褲？

★どうもありがとう、これは結構_{けっこう}です。
謝謝，這個我不要了。

★すみません、これは好_{この}みではありません。
對不起，這不是我想要的。

★これは好_すきなタイプではありません。
我不太喜歡這個。

★これは私_{わたし}には会_あわないみたいですね。
這不適合我。

★ほかの柄_{がら}もありますか？
還有別的款式嗎？

★ほかに何_{なに}かありますか？
你們還有什麼？

★ほかの色合_{いろあ}いのを見_みせてください。
請拿別的顏色的給我看看。

★もっといいものを見_みせてください。

請拿更好一點的給我。

★もっと安いのはありますか？
您們有便宜點的嗎？

★ほかのデザインはありますか？
你們有別的樣式的嗎？

★もっと大きいのはないんですか？
沒有再大一點的嗎？

★これよりもっと大きいサイズはありますか？
有沒有比這大一號的。

★もっと小さいサイズを見せてくれますか？
幫我拿小一號的好嗎？

★もっと高いものはありませんか？
有沒有更貴一點的？

★じゃあ、これをしまって下さい。
那就請您收起來吧。

★他の店にいってみます。
我還是到別家店看看吧。

★この値段、高すぎますよ。
這價錢太貴了啦！

★安^{やす}くしてくれませんか？

還能便宜點嗎？

★もう少^{すこ}しまけてくれませんか？

可以打折嗎？

★何割引^{なんわりびき}ですか？

可以打幾折？

★割引^{わりびき}できますか？

能打折嗎？

★この値段^{ねだん}じゃ、無理^{むり}だわ。もう少^{すこ}し何^{なん}とかならないかしら？

這價錢太貴了。不能再便宜一點嗎？

★それだと買^かえません。

這我可買不起。

★まけてもらえなければ、ほかの店^{みせ}で買^かいますよ。

如果不能便宜點的話，那我就去別家店買了。

★じゃ、これも買^かいますよ。全部^{ぜんぶ}でいくらですか？

這個我也要買。一共多少錢？

★サイズが合^あわなかったら、交換^{こうかん}してくれます

か？
尺寸不合的話可以換嗎？

★お尋ねしますが、アクセサリーの売り場はどこですか？
請問，在哪兒可以買到首飾。

★ご親切にどうもありがとうございます。
您太周到了，我十分感謝。

★箱に入れて、リボンを付けてください。
請放在盒子裡，並綁上緞帶。

★これを包んでください。
請將這個幫我包好。

★包んでいただけますか？
能給包裝一下嗎？

★おみやげ用ですから、きれいに包んでください。
我要送人，請包裝一下。

★わけて包んでください。
請分開包裝。

★わけて包装してください。
請分開包裝。

★全部でいくらですか？

全部一共多少錢？

★いくらになりますか？

一共多少錢？

★値段はいくらですか？

多少錢？

★いくらお支払いすればいいですか？

我該付多少錢？

★全部でいくらになりますか？

全部一共多少錢？

★お金はあなたに渡しますか？それともレジで払いますか？

把錢交給您，還是交給收銀台？

★どこで払うんですか？

在哪兒付錢？

★すみませんが、レジはどこですか？

請問，收銀台在哪裡？

★ここは化粧品のお金を払うところですか？

這裡是付化妝品錢的地方嗎？

★不足分のお金はあなたに渡しますか？

不足的錢是交給你嗎？

★はい、領収書をお願いします。

好，請給我收據。

★領収書をください。

請給我收據。

★領収書をもらえますか？

能給我收據嗎？

★事務用品にしてください。

請開張辦公用品的收據。

★精算した領収書を御願いします。

請開立報帳用發票。

• 關於價錢用語

舉一反三

★いくらですか？

多少錢？

★これの値段は？

這個的價格是？

★いくらかしら？

多少價錢？

★1万円？冗談じゃん。
1萬日圓？開玩笑吧。

★これは割引になっております。
這是優惠價。

★これがぎりぎりの値段です。
這是最低價。

★これが出荷価格です。
這是出廠價。

★物がいいですし、値段も安いです。
既物美，又價廉。

★これは高すぎますよ。
這太貴了。

★これはとんでもない値段ですね。
這是漫天要價。

★これもちょっと高いですね。
這也太貴了點吧。

★半端な数をまけてくれないか？
把零頭去掉好嗎？

★これは割合、安いです。

這個比較便宜。

★この値段じゃ、まだ納得できません。

這個價錢還是不能接受。

★これは手頃の値段です。

這是合理的價格。

★安くならない値段です。

價格不能再便宜了。

★割引できますか?

可以打折嗎?

★今、何割引ですか?

現在可以打幾折?

★二割引きでございます。

可以給您打八折。

★クレジットカードは使えますか?

你們接受信用卡的嗎?

★現金なら、九割引になっております。

若付現金,我們可以給你一折。

★じゃ、現金で払います。

那我付現金好了。

★すでに三割引になっております。

這已經是打七折了。

★申し訳ございませんが、値引きしておりません。

很抱歉，我們不二價。

★値引きはいたしておりません。

我們不能討價還價。

★正価にて御願いいたします。

請不要講價。

★大量のお買いあげの場合は、割引いたします。

大量購買有優惠價。

★大口注文していただければ、値下げできます。

訂貨量大可以優惠。

★大量ご注文の場合は、さらに割引いたします。

訂貨量大的話，可以更便宜。

★ケースでお買いになる場合は、得ですよ。

整箱買會便宜許多。

★ プレゼントを同時に差し上げます。
我們還有贈品送您。

★ 値段は安くないと思います。
我認為價格偏高。

★ また値上げしたんですか？
是不是又漲價了？

2.專賣店

服裝店

・店員常用語

舉一反三

★ 何をお探しですか、お嬢様？
您在找什麼，小姐？

★ このワイシャツをご覧ください。
請您看看這件襯衫。

★これはいかがですか？K・C のデザインなんですけど。

這件可以嗎？這是 K・C 的設計。

★ではこれをお試しください。とても上品です。

那麼試試這件，款式很優雅。

★どんなサイズですか？

你穿什麼尺寸的？

★お客様のサイズは？

您穿幾號的？

★ご希望のサイズは？

您要什麼尺寸的？

★これはご希望サイズでございます。

這是您要的尺寸。

★これはぴったりですよ。

這件您穿很合身。

★サイズはちょっと大きいとは思いませんか？

您覺不覺得這件稍微大了點呢？

★これは一番似合っていると思います。

這款很適合您。

✿ これはいかがでしょうか？
這件怎麼樣？

✿ とてもよく似合いますね。お誂えになったみ
たいです。
真合身，就像訂做的一樣。

✿ お仕立てになったみたいです。
像訂做的一樣。

✿ こちらはとてもお似合いですよ。
這件很適合您。

✿ こちらのほうが最近とても流行っています
よ。
這款最近非常流行。

✿ これは今年最新流行のデザインなんですけど
…
這是今年最新流行的款式。

✿ こちらはいかがですか？かわいいですし、
高くないんです。
買這件怎麼樣？既好看，又不貴。

✿ これはスマートですよ。
這種可時髦了。

★ピンク色はどうでしょうか？

粉紅色怎麼樣？

★この色はよろしいですか？

這顏色可以嗎？

★洗濯されても、縮みません。

洗後不會縮水的。

★色落ちはしません。

這是不褪色的。

★試着ルームはあそこです。

試衣室就在那邊。

★これはよく売れていますよ。

這款很暢銷。

★今の若者に、とても人気ですよ。

很受現在年輕人的歡迎。

★これなら、きっとご満足いただけると思います。

我覺得您肯定會滿意這件。

• 顧客常用語

📕 **舉一反三**

★ このスカートを買^かいたいんですが…
我想買這條裙子。

★ このデザインはいいですけど、もっと細^{ほそ}目^めだったらいいなと思^{おも}います。
這個很好看，再細一點就好了。

★ 試着^{しちゃく}してもいいですか？
我先試穿一下可以嗎？

★ ちょっときついですね。
似乎緊了點。

★ じゃ、これにしましょう。
那麼我就買下這條（件）吧。

★ 長^{なが}すぎますね。
太長了。

★ 洗濯^{せんたく}したら、縮^{ちぢ}みますか？
洗後會縮水嗎？

★ 裾上^{すそあ}げしてもらえませんか？
可以改褲腳嗎？

★洗濯したら、色落ちがありますか？

洗後會褪色嗎？

★今払いますか？

要現在付款嗎？

★ここにジーンズは置いてありますか？

這裡有賣牛仔褲嗎？

★この値段じゃ、無理ですわ。買いません。

這也太貴了。我不買了。

★この色はやはり濃すぎますね。

這顏色還是太深了。

★浅い色のが好きです。

我喜歡淺色的。

★これを試着したいんですけど…

我想試試這件。

★これは私に似合いますね。

這款挺適合我的。

★試着室はどこですか？

試衣室在哪兒？

★これはもう流行っていませんよ。

這款式現在已經不流行啦。

✦ あの下着を見せてください。
讓我瞧瞧這件內衣。

✦ これはいくらですか？
這件（條）多少錢。

✦ このスーツを試着してもよろしいですか？
我想試穿這套衣服。

✦ これはちょっときついですので、もっと大きいサイズはありますか？
這件有點緊，有大一點的嗎？

> **相關辭彙**
>
> 和服　着物
> 日式浴衣　浴衣
> 外套　コート
> 長大衣　オーバーコート
> 風衣　レーコート
> 牛仔褲　ジーンズ
> 毛衣　セーター
> 夾克　ジャケット
> 皮夾克　革ジャンパー
> T恤　Tシャツ
> 連身裙　ワンピース

緊身裙　タイト
迷你裙　ミニスカート
褲子　ズボン
制服　ユニホーム
圍巾　マフラー
絲巾　スカーフ

 鞋　店

• 店員常用語

 舉一反三

★いらっしゃいませ。
歡迎光臨。

★どんなタイプがほしいですか？
您想買什麼款式的？

★これはお好きですか？
您喜歡這款嗎？

★どちらのほうがお気に召しますか？牛の皮ですか？それともブタの革ですか？
您喜歡哪一種？牛皮的，還是豬皮的？

✿ これはいかがでしょうか？
您看看這雙鞋如何？

✿ <ruby>何号<rt>なんごう</rt></ruby>の<ruby>靴<rt>くつ</rt></ruby>がほしいですか？
您要幾號的鞋？

✿ どんなサイズですか？
什麼尺寸的？

✿ どうぞ、そこで<ruby>履<rt>は</rt></ruby>いてみてください。
請到那邊試穿看看。

✿ <ruby>大<rt>おお</rt></ruby>きさはどうですか？
大小怎麼樣？

✿ きついですか？
會很緊嗎？

✿ <ruby>足<rt>あし</rt></ruby>にぴったりです。
很合腳。

✿ この<ruby>靴<rt>くつ</rt></ruby>はよろしいですか？
這雙鞋怎麼樣？

✿ ただ<ruby>今品切<rt>いましなぎ</rt></ruby>れでございます。
現在正好沒貨了。

✿ これはどうでしょう？<ruby>革<rt>かわ</rt></ruby>が<ruby>柔<rt>やわ</rt></ruby>らかいし、つや

もあります。

這雙鞋怎麼樣？皮又軟又有光澤。

⭐ 少々お待ちください、すぐ持って参りますので。

稍等一會兒，我馬上幫你拿來。

⭐ じゃ、これをはいてみたらいいですか？

您再試試這雙鞋怎麼樣？

⭐ この靴はお客様にぴったりですよ。

我覺得這雙挺適合您穿的。

• 顧客常用語

🔲 舉一反三

⭐ この革靴はいくらですか？

請問這雙皮鞋多少錢？

⭐ ちょっときついですね、大きいサイズがありますか？

這雙有點緊，有大一號的嗎？

⭐ ちょっと大きいですね。小さいのを換えてもらえませんか？

這雙有點大，能換雙小一點的嗎？

✿ なんかあわないですね 。
不太合腳。

✿ これは何号(なんごう)のですか ?
這雙鞋是幾號的?

✿ どこのメーカーですか ?
這是哪裡製造的?

✿ これはウシの皮(かわ)のですか ?
這是牛皮的嗎?

✿ 底(そこ)が硬(かた)すぎますね 。ちょっと柔(やわ)らかいのを換(か)えてくれます ?
這雙鞋底太硬了,換雙軟底的吧。

✿ とび色(いろ)のをください 。
我要這雙棕色的。

> - **相關詞彙**
>
>   涼鞋　　サンダル
>   運動鞋　スニーカー
>   高跟鞋(無扣無帶的)　パンプス
>   高跟鞋　ハイヒール
>   低跟鞋　ローヒール
>   拖鞋　スリッパ

珠寶、首飾店

• 店員常用語

★ 舉一反三

★ ネックレスをお探^{さが}しですか？
您想買條項鍊嗎？

★ この天然真珠^{てんねんしんじゅ}のネックレスはいかがでしょうか？
這條天然珍珠項鍊可以嗎？

★ これはお気^きにいっていらっしゃるんですか？
您喜歡這種款式嗎？

★ あつらえることもできます。
您還可以訂做一條。

★ これは 18K 金^{きん}です。
這是 18K 金的。

★ ハートの形^{かたち}のセットはいかがですか？
心形的那對如何？

★ このイヤリング（指輪^{ゆびわ}）はうちの最^{もっと}も素敵^{すてき}なアクセサリーです。

這是本店最漂亮的耳環（戒指）。

本店で売ってる宝石は全部本物です。

本店出售的都是真正的珠寶。

われわれはこの業界では定評があります。

我們在這行業享有盛名。

これはどうですか？よく売れておりますが…

這個如何？賣得很好喔。

・顧客常用語

舉一反三

この金の指輪を見せてください。

把這個金戒指拿給我看看。

養殖真珠を売っていますか？

有沒有賣人工養殖的珍珠？

あのイヤリングを見せてくれませんか？

讓我看看那對耳環可以嗎？

高すぎますよ。なかなか買えませんよ。

太貴了，我可買不起。

このネックレスはいくらですか？

這條項鍊多少錢？

★あのブレスッレトはいくらでしょうか？

這雙手鐲多少錢？

★このプラチナの指輪<ruby>ゆ<rt></rt></ruby><ruby>び<rt></rt></ruby><ruby>わ<rt></rt></ruby>はおいくらですか？

這個白金戒指多少錢？

★この金<ruby>きん<rt></rt></ruby>のイヤリングはいくら？

這對金耳環多少錢？

★あれは本物<ruby>ほんもの<rt></rt></ruby>の翡翠<ruby>ひ<rt></rt></ruby><ruby>すい<rt></rt></ruby>ですか？

那是真的翡翠嗎？

★クレジットカードは使<ruby>つか<rt></rt></ruby>えますか？

你們接受信用卡嗎？

★贈<ruby>おく<rt></rt></ruby>り物<ruby>もの<rt></rt></ruby>ですから、きれいに包<ruby>つつ<rt></rt></ruby>んでくれますか？

我要送人，可以幫我好好地包裝一下嗎？

◦ 相關詞彙	
手鐲	ブレスッレト
胸針	ブローチ
耳環	イヤリング
項鍊	ネックレス
戒指	指輪<ruby>ゆびわ<rt></rt></ruby>

美容化妝品店

・店員常用語

 舉一反三

★ この洗顔料をお勧めいたします。

我推薦這種洗面乳。

★ これは新品です。

這是剛上市的品牌。

★ お肌はべたべたしやすいので、こっちのほうがいいと思います。

你的皮膚較油，用這個比較好。

★ 保湿効果があるので、水分をたっぷり上げられます。

這是保濕的，可以補充水分。

★ しわに効きますし、美白の効果もあります。

這是防皺、美白的。

★ この商品はよく売れますし、プレゼントもついています。

這種商品特別暢銷，而且附贈贈品。

★これは効果的で、しかも経済的ですよ。

這種既經濟又實惠。

★よく売れました。評判もよいです。

買的人可多了，聽說效果不錯。

★これは高くないし、買っても損はありません。

這個價錢也不貴，很值得買。

・顧客常用語

📙 舉一反三

★保湿効果のあるものは何ですか？

有保濕效果的產品是什麼？

★しわに効果ある商品はどれですか？

防皺的商品是哪個？

★この香りはきつすぎます。

這種味道太濃了。

★この香りは苦手です。

我不喜歡這種香味。

★ちょっと試してもよろしいですか？

可以試用一下嗎？

★マスクを探^{さが}していますが、薦^{すす}めてもらえますか？

我想買面膜，推薦一種給我好嗎？

★いい香^{かお}りです。じゃ、これをください。

香味不錯，我買下了。

★これは高^{たか}いですが、もうちょっと安^{やす}いものはないですか？

這太貴了點，有沒有便宜點的？

● 相關辭彙

洗面乳　洗顔料^{せんがんりょう}、
　　　　クレンジングフォーム

護髮乳・潤絲精　リンス

眉筆　アイブロー

面霜　クリーム

口紅　口紅^{くちべに}、リップスティック

面膜　ピールオフマスク

香水　香水^{こうすい}

化妝水　化粧水^{けしょうすい}、
　　　　ソフトニングローション

家用電器店

• 店員常用語

舉一反三

★ 奥様、何をお探しでしょうか？
夫人，你要買什麼？

★ これはいかがでしょうか、最新型ですよ。
這個怎樣？是最新的款式。

★ これはどうですか？よく売れておりますが…
那麼這個如何呢？賣得很好喔！

★ 分割払いもできます。
你也可以分期付款。

★ 三年間の保証付きで、アフターサービスをお宅までまいりますので。
售後服務三年，可到府服務。

★ ご希望の配達日はいつですか？
您希望什麼時候送貨？

★ お時間通りに配達、取り付けいたします。
我們會按時送貨及安裝。

★ これは領収書です、どうぞお持ちください。
請拿好，這是您的收據。

★ この冷蔵庫は品質がとてもいいですから、安心でお使いになってください。
這款冰箱品質很好，請放心使用。

★ これは今年の最新型です。
這是今年的最新款式。

・顧客常用語

▮ **舉一反三**

★ 冷蔵庫を買いたいんですが…
我想買台冰箱。

★ この 29 インチのテレビはいくらですか？
這台 29 吋的電視機多少錢？

★ この洗濯機はどこのメーカーですか？
這台洗衣機是哪裡製造的？

★ このビデオの品質はどうですか？
這台錄影機的品質怎樣？

★ どこのメーカーの製品ですか？
這是哪家公司的產品？

★ なかなかいいものですね。じゃ、これにします。

東西不錯，我買了。

★ これはちいちゃいです。上も下もドアをついているものはないですか？

這個太小了，有雙門的嗎？

★ ものはいいですけど、ちょっと大きすぎると思います。

這個很不錯，但太大了。

★ 高すぎますよ。予算をオーバーしましたから。

太貴了，超出了我的預算。

★ 保証期間はどのぐらいですか？

保固期有多久？

★ じゃ、これにしましょう。

那我就買下這個吧！

★ いいですね！グレーのがありますか？

不錯。有灰色的嗎？

- 相關辭彙

  冰箱　冷蔵庫（れいぞうこ）

  彩色電視　カラーテレビ

  空調　エアコン

  微波爐　電子（でんし）レンジ

  洗衣機　洗濯機（せんたくき）

  吸塵器　掃除機（そうじき）

  電水壺　電気（でんき）やかん

  電熨斗　電気（でんき）アイロ

3.餐館

服務員常用語

- 招呼客人

🍢 舉一反三

🌸 いらっしゃいませ。

　歡迎光臨。

🌸 何名（なんめい）様（さま）ですか？

★ 請問有幾位？

★ 誠に申し訳ございませんが、ただいま満席し

ておりまして。

對不起，現在剛好客滿。

★ 少し待っていただけませんか？

能等一會兒嗎？

★ お待たせしました。

讓您久等了。

★ お客様は全員揃っていらっしゃいますか？

您們都到齊了嗎？

★ ご注文はよろしいでしょうか？

可以點菜了嗎？

★ 飲み物は何になさいますか？

請問各位要喝什麼呢？

★ 少々お待ちくださいませ。

請稍等一下。

★ お席をご案内いたします、こちらへどうぞ。

我帶您入座，這邊請。

★ この席はいかがでしょうか？

這個位子可以嗎？

✾ 食券をお持ちですか？
您有沒有餐券？

✾ 隣の席を移動していただけませんか？
請移過去一個位子好嗎？

✾ すみません、通ります。
對不起，借過。

✾ ほかのお客さんと同じ机でよろしいでしょうか？
您介不介意和別人同桌？

✾ どうぞ、おかけください。
請坐。

✾ 席までご案内いたしますので、こちらへどうぞ。
我帶您入座，這邊請。

✾ お客さん、ほかには何かなさいますか？
先生（小姐），還要不要別的？

✾ もうしばらくお待ちくださいませんか？
請再等一會兒好嗎？

★ お待たせいたしまして、申し訳ございません。

抱歉讓您久等了。

★ 窓際の席はよろしいでしょうか？

靠窗的座位可以嗎？

★ 5分ほど待っていただけませんか？

請等5分鐘左右好嗎？

★ 好きな席をおかけください。

您可以隨便坐。

★ ご希望の席はもう用意しておきました。

您要的座位準備好了。

★ このテーブルはいかがですか？

這張桌子行嗎？

★ 申し訳ございませんが、あのテーブルはもう予約されておりました。

對不起，那個座位已有人預訂。

★ 申し訳ございませんが、満席でございます。

對不起，我們現在沒有空位。

★ 私についてください。

請跟我來。

お絞りと水をどうぞ。

請用濕毛巾和水。

ただ今、メニューを持って参ります。

我馬上把菜單拿來。

これはメニューです、どうぞご覧ください。

這是菜單，請慢慢看。

決まりましたら、どうぞお呼び下さい。

選好菜後，請叫我。

出来上がるまでちょっと時間がかかりますので、お待ちくださいませ。

上菜還需要一段時間，請您稍等一下。

お待たせいたしまして、申し訳ございません。

對不起，讓您久等了。

本当に申し訳ございませんが、もう少しお待ちくださいませんか？

真對不起，請您再等一下。

少々お待ちください、すぐ出来上がりますので。

請稍等，馬上就好了。

★ 急^{いそ}がせます。

我會催他們快點。

★ すぐ交換^{こうかん}いたします。

我馬上把它換掉。

★ すみません、ただいま手^てが離^{はな}せませんので。

對不起，我們實在很忙。

★ 申^{もう}し訳^{わけ}しございませんが、人手^{ひとで}が足^たりないです。

對不起，我們人手不夠。

★ 申^{もう}し訳^{わけ}ございません、私^{わたし}が間違^{まちが}えました。

對不起，我弄錯了。

・ 幫客人點菜

◤ 舉一反三

★ ただいまご注文^{ちゅうもん}していただけませんか？

您要點菜了嗎？

★ いらっしゃいませ。ご注文^{ちゅうもん}をどうぞ。

歡迎光臨，請點餐。

★ 何^{なに}になさいますか？

您要點些什麼？

デザートは何<small>なに</small>になさいますか？

甜點吃什麼？

刺身<small>さしみ</small>はいかがですか？

您想來點生魚片嗎？

お決<small>き</small>まりになりましたか？

各位決定點什麼菜了嗎？

こちらのお店<small>みせ</small>のお刺身<small>さしみ</small>は活<small>い</small>け作<small>つく</small>りで、新鮮度<small>しんせんど</small>が高<small>たか</small>いので、甘<small>あま</small>くてとけるようですので、ぜひ召<small>め</small>し上<small>あ</small>がってください。

本店的生魚片是活魚現殺，新鮮度很高，甘甜且入口即化，請務必品嚐看看。

今日<small>きょう</small>のえびは今<small>いま</small>捕<small>と</small>ったばかり、お刺身<small>さしみ</small>でいかがですか？

今天的蝦是剛捕上來的，做個生魚片怎麼樣？

これは本場<small>ほんば</small>の四川料理<small>しせんりょうり</small>で、評判<small>ひょうばん</small>がいいですので、お勧<small>すす</small>めいたします。

這是道地的四川菜，評價很高，所以我向您推薦。

注文<small>ちゅうもん</small>なさったものをお復唱<small>ふくしょう</small>させていただきます。

我重複一下您點的菜。

★ 辛いものでも大丈夫ですか？

各位能吃辣嗎？

★ マーポー豆腐を召し上がってください。

請大家嚐嚐麻婆豆腐吧。

★ これが今日のおすすめ料理です。

今天的推薦菜是這個。

★ 飲み物は何になさいますか？

您喝什麼飲料？

★ お飲み物は何にいたしましょうか？

給您要點什麼飲料？

★ ご注文ください。

請點菜吧。

★ ここで召し上がりですか？

您在這裡吃嗎？

★ てんぷらは本店の得意料理です。

天婦羅是我們這兒的拿手好菜。

★ 北京ダックは本店のおすすめ料理です。

北京烤鴨是本店的招牌菜。

★ もう少しいかがですか？

再來一點怎麼樣？

✦ お持ち帰りですか？
您要打包帶走嗎？

● 結帳

🎫 **舉一反三**

✦ サービス料金はもう含まれておりました。
已經包含服務費了。

✦ クレジットカードをお貸しくださいません
か？
能借用一下您的信用卡嗎？

✦ 領収書はご入り用ですか？
請問您要開收據嗎？

✦ お勧かめください。
請您核對一下。

✦ これはレシートなんですが、どうぞお確かめ
ください。
這是詳細的帳單，請您確認。

✦ ありがとうございました。領収書をお持ちく
ださい。

謝謝您。這是收據。

割り勘（わ・かん）でございますか？
要分開付帳嗎？

チップはいただけません。
我們這裡不收小費。

勘定（かんじょう）をお願（ねが）いできますか？
請您結帳好嗎？

すべての費用（ひよう）を一（ひと）つにまとめてお支払（しはら）いですか？
所有費用都開列在一個帳單上嗎？

顧客常用語

・預約

舉一反三

四人分（よにんぶん）の席（せき）をとっておいてください。
請給留四個人的位子。

今夜（こんや）7時（しち・じ）、8人（はちにん）ほどですけど、個室（こしつ）をお願（ねが）いします。
今晚七點，有八個人左右，我要包廂。

116

★ 宴会をやりますので、五十人ほど入れるホールをお願いします。

我們要舉行宴會，請準備能容納五十人的房間。

- 找餐桌

▣ **舉一反三**

★ 空いてる席はありますか？

有空位嗎？

★ 窓際の席をお願いします。

請給我靠窗的座位。

★ はい、ここで結構です。

好，這裡很好。

★ いつ席が空けますか？

你們什麼時候有空位？

★ あの窓際の机はいいですか？

我可以坐窗邊的那張桌子嗎？

★ 窓際の席をお願いします。

我想要一張靠窗戶的桌子。

★ 四人の個室をお願いします。

請安排一個四人的包廂。

★このテーブルはなんとなく気に入りませんね。

我不喜歡這張桌子。

★大丈夫です。ここに座りましょう。

沒關係，我們就坐這兒。

• 點菜

■ 舉一反三

★注文をお願いします。

我要點菜。

★メニューを見せてください。

請拿菜單給我看看。

★こちらで一番人気のある料理は何ですか？

這兒最受歡迎的是什麼菜？

★ここの自慢料理はどれですか？

這裡的招牌菜是哪個？

★今日の特別献立はありますか？

今天有特別菜單嗎？

★何かお薦め料理がありますか？

你們有什麼推薦菜？

何かおいしい料理を薦めてくれませんか？

你能推薦什麼好吃的嗎？

今日は何かおいしいものがありますか？

今天有什麼好吃的？

お先に注文してください。

你先點。

いいですよ。同じものにします。

好，我也點同樣的。

何でもいいです。

我吃什麼都行。

同じものをください。

請給我一份相同的。

注文してください。

你來點吧。

あまり辛くないようにしてください。

請不要把菜做得太辣。

何か魚料理がありますか？

今天有什麼魚？

サラダをください。

請給我沙拉。

ビーフ・ステーキを二(ふた)つください。
請給我二份牛排。

ブラック・コーヒーをください。
我想要一杯黑咖啡。

オードブルと肉料理(にくりょうり)を一(ひと)つずつください。
拼盤和肉各來一份。

冷(つめ)たいビールをお願(ねが)いします。
我要冰啤酒。

デザートにケーキをください。
甜點我要蛋糕。

味(あじ)を薄(うす)くしていただけますか？
能做的清淡一點嗎？

僕(ぼく)は何(なん)でもいいです。お任(まか)せします。
我什麼都行，交給你了。

灰皿(はいざら)をお願(ねが)いします。
我要菸灰缸。

お酒(さけ)、もう二本(にほん)ください。
再給我兩瓶啤酒。

120

⭐ お口に合いますか？

合您的口味嗎？

⭐ もう結構です。

已經夠了。

⭐ もう十分です。

已經飽了。

⭐ どうぞ、遠慮なくお上がりになってください。

別客氣，請用吧。

⭐ 何もございませんが、どうぞ召し上がってください。

沒什麼好吃的，請用。

• 吃飯

舉一反三

⭐ もう少し召し上がってください。

再吃一點吧。

⭐ もう少し食べてください。

來，再吃一點。

⭐ これを召し上がってください。

請嚐嚐這個吧。

⭐ どんどん食べてください。
多吃一點吧。

⭐ もう少しいかがですか？
再吃一點怎麼樣？

⭐ お酒に強いと聞いたんです。
我聽說你酒量很好。

⭐ 味噌汁をどうぞ。
請喝點味噌湯。

⭐ お酒をどうぞ。
請喝酒。

⭐ お酒をついであげましょう。
我來給你斟酒。

⭐ ジュースはいかがでしょうか？
來點果汁好嗎？

⭐ サンモンのおすしをまだ食べていないでしょう。少し召し上がったらどうですか？
你還沒嚐過鮭魚壽司吧，來點兒怎麼樣？

⭐ もういっぱいで、少しも食べられません。

好飽哦，再也吃不下了。

★ もういただけません。
我再也吃不下了。

★ 食^たべ過^すぎました。
我已經吃得太多了。

★ もういっぱいです。
我真的吃飽了。

★ じゃ、少^{すこ}しいただきます。
那我就吃一點兒。

★ ダイエットをしているんですよ。
我正在減肥呢。

★ 少^{すこ}しいただきます。少^{すこ}しだけでいいです。
我要一點，只要一點點。

★ 私^{わたし}いつもあまり食^たべません。
我一向吃得很少。

★ 腹^{はら}が張^はってたまらないですよ。
我的肚子脹得難受。

★ お酒^{さけ}に弱^{よわ}いですよ、本当^{ほんとう}に。
我不能喝酒，真的。

🌸飲めません。

我不會喝。

🌸もう食べませんよ、節食してるから。

不吃了，我正在節食呢。

● 結帳

📕舉一反三

🌸すみません、勘定をお願いします。

對不起，結帳。

🌸レシートをちょっと見せてくれませんか？

請把帳單給我好嗎？

🌸お会計してください。

買單！

🌸割引券などございますか？

有優惠券嗎？

🌸割り勘でいこう。

我們各付各的吧。（男）

🌸割り勘にしましょうか？

我們各付各的吧。（女）

🌸割り勘でどうですか？

124

各付各的怎麼樣？

★今日はご馳走してあげます。
今天我作東。

★今日はおごるぞ。
今天我請客。（男）

★私、払います。
我來付帳。

★やはり割り勘にしましょうか？
我們還是各付各的吧。

4.旅館

預訂房間

・服務員常用語

舉一反三

★ヒルトンホテルでございます。
這裡是希爾頓旅館。

⭐ご予約をなさいましたか？

您預約房間了嗎？

⭐ご希望のお部屋はどんな部屋ですか？

你想要什麼樣的房間？

⭐いつのご宿泊ですか？

什麼時候住？

⭐シングル・ルームですか？それともダブル・ルームをご希望ですか？

要單人房，還是雙人房？

⭐何日ぐらいお泊りになりますか？

您打算住多久？

⭐ご宿泊は何日の予定ですか？

您打算住多久？

⭐失礼ですが、チェックインのお時間を教えていただけませんか？もし遅くなられたら、ご予約を取り消させていただくことがございます。

對不起，您能告訴我入住的時間嗎？如果晚到的話，我們有可能取消您的預約。

⭐何か特別なご要望はありますか？

有什麼特別要求嗎？

★ 電話番号を教えていただけませんか？
請問您的連絡電話？

★ ご予約を復唱させていただきます。
讓我重複一下您的預約。

・顧客常用語

★ 舉一反三

★ 部屋を予約したいんですが…
我想預訂房間。

★ 部屋を二つ予約します。二泊です。
要兩間房，住兩個晚上。

★ 水曜日の午前にチェックインして、金曜日の午後でる予定です。
打算星期三上午登記入住，星期五下午退房。

★ チェックインは一応5時ごろするつもりですが、もし遅れても、部屋を取っておいてくれませんか？
我打算五點辦理入住手續，如果晚一點到的話，能保留嗎？

★部屋代はいくらですか？
住房費是多少？

★部屋代は朝食代込みですか？
住房費裡含早餐嗎？

★いいです、予約しといてください。
好吧，請幫我預訂吧。

商場實戰

★ダブルにします。
我們想要一間雙人房。

櫃　　臺

▌舉一反三

★いらっしゃいませ。お泊りですか？
歡迎光臨。請問您是要住宿嗎？

★お持ちいたしましょう。
我來幫您拿吧。

★こちらへどうぞ。
請您到這邊來。

★お待たせいたしました。

讓您久等了。

★これをお書きください。
請您填寫這張登記表。

★パスポートをお貸ししてもよろしいでしょうか?
能出示您的護照嗎?

★決算のことなんですが、別々でお支払いですか?それとも一緒になりますか?
請問你們怎樣付帳,分別結還是一起結?

★どのクレジットカードをお使いですか?
您使用哪種信用卡?

★これは領収書と鍵でございます。
這是您的收據和鑰匙。

★身分証明書をお持ちですか?
您有身分證嗎?

★サインしていただけませんか?
請簽上您的姓名,好嗎?

★お荷物はこれだけでございますか?
您的行李就這些嗎?

★お荷物はボーイを呼んでお持ちします。

您的行李我會叫服務生送過去。

• 顧客常用語

🔲 舉一反三

★そうです。泊まります。

是的，我要住宿。

★別々で支払いましょう。

分開結帳。

★クレジットカードは使えますか？

可以用信用卡嗎？

★いいえ、自分で結構です。

不用了，我自己來。

★お手数をかけました。

麻煩您了。

★まだ決めていません。

我還拿不定主意。

★いくらですか？

價格是多少？

🌼 妻と相談してから、かけなおします。

我和我妻子商量一下，再給你電話。

客房部

・服務員常用語

📖 **舉一反三**

🌼 ここは初めてですか？

您是初到此地嗎？

🌼 ここにお泊りになったことがありますか？

您住過本店嗎？

🌼 こんにちは。お部屋までご案内いたします。

您好，我帶您去房間。

🌼 これはお鍵でございます。

這是您的房間鑰匙。

🌼 こちらへどうぞ。足元に段階をご注意ください。

您請這邊走。當心樓梯。

🌼 これはお部屋です。４１８号室です、どうぞ。

這是您的房間，418 號房。請進。

★こちらはバス・ルームです。

這裡是浴室。

★服を洋服ダンスにおかけください。

您可以將衣服掛在衣櫥裡。

★すみません、お荷物をお届けにまいりました。

對不起，我幫您送行李來了。

★モーニングコールはフロントまで電話でお申し付けください。

叫醒服務請打電話到櫃台。

★何か御用がありましたら、フロントにお電話ください。

有什麼事的話，請打電話到櫃台。

★お飲み物はこっちの冷蔵庫にございます。どうぞご自由にお使いください。お帰りの時に精算させていただきます。

飲料在這兒的冰箱裡。請隨意取用。退房的時候再結帳。

★二階の商務センターでファックスやコピーなど取り扱っております。

二樓的商務中心受理傳真、影印等業務。

🌸 美容院、娯楽室、コーヒーバーもございます。

也有美容院、娛樂室和咖啡吧。

🌸 売店は一階に用意しております。

在一樓我們爲您準備了販賣部。

🌸 マッサージのサービスもございます。

還有按摩服務。

🌸 ほかに何かご要望でもありませんか？

您還有什麼吩咐嗎？

🌸 それでは、ごゆっくりお休みになってください。

那麼請您好好地休息吧。

🌸 楽しく過ごせるように心からお祈りいたします。

希望您在這裡住得愉快。

🌸 日曜日にクリーニングはございません。

星期日沒有洗衣服務。

🌸 いつ差し上げたらいいですか？

您什麼時候要？

🌸 ひとつですか？

就要一份嗎？

★ すぐお届けに参ります。
馬上就送上去。

★ 食事の支度はもうできあがりましたので、いつ差し上げたらいいですか？
飯菜已經準備好了，什麼時候給您送過去好呢？

★ ほかにご要望はありませんか？
您還要些什麼嗎？

★ ご自分で持っていらっしゃってもいいです。
您自己來拿也可以。

商場實戰

• 顧客常用語

▉ 舉一反三

★ 食堂はどこですか？
餐廳在哪兒？

★ 食堂は何時から何時までですか？
餐廳從幾點到幾點？

★ 朝食は何時から何時までですか？
早餐從幾點到幾點？

★ ルームサービスがありますか？

你們有客房服務嗎？

明日六時のモーニングコールをお願いしたんですが…

我要明天早上六點的叫醒服務。

貴重品を預かってもらえますか？

能存貴重物品嗎？

リムジンバスは何時ですか？

機場巴士是幾點？

氷を持ってきてください。

請拿些冰來。

机の上に置いてください。後で自分で片つけます。

放在桌上吧，我會自己整理。

クリーニングを頼みます。

麻煩洗一下。

この背広をドライでお願いします。

這件西裝請乾洗。

このズブンにアイロンをかけてください。

請把這條褲子熨一下。

滞在を三日ほど延ばしたいんです。

停留時間我想延長 3 天。

・退房

舉一反三

★ボーイをよこして荷物を降ろしてください。

請叫服務生來，把行李提下去。

★今チェックアウトしたいですが、精算していただけますか？

我想退房，能幫我結帳嗎？

★部屋代にはサービス料金が含まれておりませんので、10%増になります。

住房費不包含服務費，要加收 10%的服務費。

※本段文字錄音內容位於「理髮店」之後。

5.理髮店

・ 店員常用語

▌舉一反三

★ いらっしゃいませ。
歡迎光臨！

★ どうなさいますか？
怎麼剪呢？

★ 今日はカットになさいますか？それともパーマになさいますか？
今天您是要剪髮，還是燙髮？

★ どのようなヘアースタイルをお望みですか？
您想要剪什麼樣的髮型？

★ どんな髪型がよろしいでしょうか？
弄成什麼樣的髮型呢？

★ カットはどうしましょうか？
想怎樣剪呢？

★どのぐらいお刈りしましょうか？
剪多長呢？

★伸ばしていきますか？それともバッサリ切りますか？
要留長髮，還是剪短？

★先にシャンプーをさせていただきますので、シャンプー台の方にお越しくださいませ。
先幫您洗頭，請到洗頭台這邊來。

★シャンプーしますから、どうぞ、こちらへ。
請到這邊來洗頭。

★後ろは刈り上げてもいいですか？
後面要剃上去嗎？

★パーマは毛先だけですか？それとも全体的にかけますか？
是燙髮尾，還是全都燙？

★ブローいたします。熱かったら、おっしゃってください。
現在幫您吹乾。如果感覺熱的話，請告訴我。

· 顧客常用語

舉一反三

★今と同じ形で、少し短くしてください。
照現在的樣子剪短一點。

★少しだけ刈ってください。
請剪一點就行了。

★あまり短くしないでください。
別剪得太短。

★今のスタイルに飽きましたので、ショットヘアーにしたいと思います。
現在的髮型已經膩了，我想弄成短髮。

★パーマをかけたいですけど、あまり強くかけないでください。
我想燙髮，不過別燙得太厲害。

★ドライヤーをかけてください。
請用吹風機吹一下。

★ブローしてください。
請吹頭髮。

★前髪をもう少し短くしてください。

前面的頭髮請再剪短一點。

★真ん中の毛をもう少し短くしてください。
中間的頭髮請再短一點。

★えりあしをもう少し短くしてください。
鬢角的頭髮請再剪短一點。

★髪を染めたいんですけど…
我想染髮。

★この色にしてください。
請染這種顏色。

★前髪を作りたいです。／前髪を切りたいです。
我想留瀏海。

★洗ってから、セットしてもらいたいです。
我想洗洗頭，再做一下頭髮。

★薄くしてください。
我想把頭髮打薄。

★ちょっと短くカットしてください。
我想把頭髮剪得稍短一點。

★髪を伸ばしたいです。
我想留個長髮。

★ 全部カットしてください。

請整個都剪短。

★ 前髪を切ってください。

我想剪瀏海。

★ 大きなパーマにしてください。

我喜歡燙大波浪的。

★ 形はそのままで、ちょっと短くしてください。

保持原樣，稍微修一下吧。

★ 耳を出してください。

我想讓耳朵露出來。

★ そんなにカールしないでください。

不要弄得太捲。

★ ちょっとなおしてもらえますか？

幫我修一修，可以嗎？

★ 髪が長すぎて、短くしたいです。

我頭髮太長了，剪短一點吧。

★ 角刈りにしてください。

我想留個小平頭。

⭐ 髪を洗うだけ、お願いします。

我只想洗頭。

⭐ ふけを除く効果のがほしいです。

要去頭皮屑的。

⭐ 普通のシャンプーでオーケーです。

一般洗髮精就可以。

⭐ ぼうずにしてください。

我要剃光頭。

⭐ ちょこんと短くしないようにしてください。

不要剪得太短。

⭐ 後ろはちょっとカットしてください。

後面請剪一點。

⭐ 後ろはもうちょっとカットしてください。

後面的頭髮請再剪一剪。

⭐ 両側をもうちょっとカットしてください。

兩邊的頭髮請再剪一點。

⭐ 髪の毛を右側で分けてください。

請將頭髮右分。

⭐ 髪の毛を左側で分けてください。

請將頭髮左分。

★ 左右に分けてください。
請將頭髮中分。

★ 分け目はいらないです。
不要把我的頭髮分縫。

★ 両側をあまり切らないでください。
兩側請不要剪太多。

★ 髪の毛が少ないほうで、ふわとしてくれませんか？
我的頭髮比較少。可以幫我弄得蓬鬆些嗎？

★ パーマをふわふわとしてください。
請把波浪弄得蓬鬆一些。

★ 髪を後ろにながしたいです。
我想把頭髮向後梳。

★ 髪型をかえたいですが…
我想改變一下髮型。

★ 特に要求がないですので、お任せします。
我沒什麼特殊要求，交給你處理就行了。

商場實戰

3 生活、工作篇

1.家庭話題

 家庭關係

 舉一反三

✿ 上の兄です。

是（我）大哥。

✿ 二番目の姉です。

是（我）二姊。

✿ お兄さんによく似ています。

你真像你的哥哥。

✿ お母さんにそっくりですね。

你和你母親一模一樣。

✿ お父さんにそっくりですね。

你和你父親一模一樣。

✿ 大学を卒業して、父の仕事を受継ぐつもりです。

我準備大學畢業後繼承父業。

家庭情況

- 詢問時常用語

 舉一反三

★ご両親はお元気ですか？

你的父母好嗎？

★ご家族は何人ですか？

你家有多少人？

★子供がいますか？

你有子女嗎？

★子供が何人ですか？

你有幾個孩子？

★兄弟がいますか？

你有兄弟姊妹嗎？

★ご両親はどんな仕事をしっていらっしゃいますか？

你父母是做什麼的？

日本に親戚がいますか？

你在日本有親戚嗎？

奥さんは仕事してますか？

你太太在工作嗎？

どこで生まれましたか？

你是在哪裡出生的？

一人っ子ですか？

你們家就你一個孩子嗎？

息子さんは何のご専攻ですか？

你兒子學什麼的？

娘さんはいくつですか？

你女兒多大了？

お兄さんはどんな仕事をしていますか？

你哥哥是做什麼的？

お姉さんはどこで働いていますか？

你姊姊在哪兒工作？

• 回答時常用語

 舉一反三

五歳の息子がいます。

我有一個五歲的兒子。

★ 家族五人です。

我們家有五個人。

★ 兄弟二人です。兄はもう結婚しました。

我們兄弟兩人。大哥已經結婚了。

★ 母は医者で、父はエンジニアです。

我媽媽是醫生，爸爸是工程師。

★ 一人っ子です。

我是家裡的獨子。

★ 私は次男です。

我是家裡的次子。（男）

★ 私は次女です。

我是家裡的次女。（女）

★ 上のお兄さんはいまアメリカで留学しています。

我大哥在美國留學。

★ 専攻は生物学です。

他的專業是生物學。

★ ドイツ語を勉強しようと考えています。

我正考慮學習德語。

妹一人、兄二人います。

有一個妹妹和兩個哥哥。

去年結婚しました。

去年結婚了。

おばさんは息子が二人います。

我嬸嬸／姑姑／阿姨有兩個兒子。

祖父と祖母は健在しています。

我的祖父母仍健在。

義理のお姉さんは先月双子を生みました。

我嫂子上個月生了一對雙胞胎。

おじさんはまだ独身です。

我舅舅／叔叔是單身。

主人も私も会社で働いています。

我和我丈夫都在公司工作。

会社に行く時、娘を幼稚園に預かっています。

我們去上班時就把女兒送到幼稚園去。

従姉は中国で生まれ、日本で育ちました。

我表姊在中國出生，在日本長大。

日系企業で経理の仕事をしています。

（她）是會計，在一家日系企業工作。

今も両親と一緒に住んでいます。

（我）現在還和父母住在一起。

母は家庭主婦で、父は医者でしたが、去年定年しました。

我母親是個家庭主婦，我的父親以前是個醫生，去年已經退休了。

父はいま貿易会社を経営しています。

我父親經營一家貿易公司。

両親は大学時代から付き合って、卒業してからすぐ結婚しました。

我父母上大學時結識，畢業後便結婚了。

私は主人のお母さんと仲が良いです。

我與我婆婆相處得很好。

来月、おふくろとおやじを連れて、韓国旅行に行くつもりだ。

下個月我要帶我的老爸和老媽去韓國旅行。

教育子女

舉一反三

★おとなしくしろ！
老實點！

★ちゃんと座れ！
坐好了！

★ちゃんと掃除してくれ！
好好打掃一下。

★部屋をきちんと整理しなさい！
把你的房間收拾一下。

★手を洗いなさい！
去洗手。

★顔を洗ったの？
洗臉了嗎？

★歯を磨きなさい！
去刷牙。

★早く起きなさい！

生活、工作

快點起床！

✿ そんなに朝寝坊しちゃいけないよ。
不要那麼愛睡懶覺！

✿ ぐずぐずしてはだめよ。
別拖拖拉拉的！

✿ どうしてまたそんなことをしたんだ？
為什麼又做那種事？

✿ もう子供でもあるまいし。
又不是小孩子。

生活、工作

✿ そんなことして恥ずかしくないの？
做那種事你不害臊嗎？

✿ 静かにしろ。うるさい。
安靜！吵死了！

✿ 黙ってくれ！
閉嘴！

✿ よく聞きなさい！
好好聽著！

✿ どうしてうそつくの？
為什麼撒謊？

★ 聞いているの？

你有在聽嗎？

★ テレビばかり見てはいけないよ。

不要光看電視。

★ よく勉強しなさい！

好好念書！

★ お前は何をやってるの？

你在幹什麼？

★ これは誰がやったのかい？

這是誰幹的？

★ 早く止めろ。

快住手！

★ みっともない。

不像話！

★ 怒るぞ！

我生氣啦！

★ 宿題が終わらないと、テレビを見てはだめ！

作業沒做完不能看電視。

★ そう掻込んではいけないよ。

不要像這樣狼吞虎嚥的。

★おなかが痛くなるよ。
你會肚子痛的。

★野菜を食べなさい！
吃點蔬菜。

★ラジオを消しなさい！
把收音機關上。

★テレビの音を小さくしてくれ！
把電視機的音量關小一點。

★見知らぬ人と話してはだめよ！
不要跟陌生人說話。

★知らない人が飴をくれたら、断りなさい。
不認識的人送給你的糖果，不能要。

★くだらないことを言うな。
別說廢話！

★これを遊んではいけないよ、傷をつけるから。
不要玩這個。會受傷的。

★いいかげんにしろ！

夠了！

★ また<ruby>学校<rt>がっこう</rt></ruby>をサボった？
又逃學了？

★ なぜそんなことをしたんだ！
為什麼做出那種事？

★ もうやってはいけないって<ruby>何回<rt>なんかい</rt></ruby>も<ruby>言<rt>い</rt></ruby>っただろう？
叫你不要做這種事，我跟你說多少次了？

★ ばか！
笨蛋！

★ どうして<ruby>母<rt>かあ</rt></ruby>さんの<ruby>言<rt>い</rt></ruby>うことを<ruby>聞<rt>き</rt></ruby>かないの？
為什麼不聽媽媽的話？

★ お<ruby>前<rt>まえ</rt></ruby>、いったい<ruby>何<rt>なに</rt></ruby>をするつもりだ！
你到底想幹什麼？

★ <ruby>俺<rt>おれ</rt></ruby>の<ruby>言<rt>い</rt></ruby>うことをよく<ruby>聞<rt>き</rt></ruby>いてくれ！
我跟你說話時你要仔細聽。

★ もう<ruby>何回<rt>なんかい</rt></ruby>も<ruby>言<rt>い</rt></ruby>ったじゃん。
我不是說過好多次了嗎？

★ <ruby>殴<rt>なぐ</rt></ruby>られたいの？

你欠揍嗎？

自分の部屋に帰って、よく反省しなさい！
回你的房間去反省一下！

母さんの言う通りにやってくれ！
照媽媽說的去做！

分った？
清楚了嗎？

パパの言うことを聞いてる？
爸爸講的話你聽見了嗎？

 2.健康話題

 健康與外貌

• 誇獎身體健康

 舉一反三

元気です。
我很好。

★ お元気そうですね。

你看上去很有精神。

★ 顔色がいいですね。

你的氣色很好。

★ 彼はいつも顔色がつやつやとして、元気いっぱいですね。

他總是神采奕奕的。

★ 僕は強い体の持ち主ですから、大丈夫ですよ。

我的身體很好，沒問題的。

★ すっかり元気になりました。

身體完全好了。

★ 元気いっぱいです。

精力充沛。

★ お元気で、何よりですね。

您健康比什麼都好。

★ 体が頑丈で、力強いです。

身強力壯。

★ いつでもお元気でね。

祝你健康。

• 察覺某人氣色不好時

🪕 舉一反三

⭐ 元気がなさそうですね。
你看上去沒精神吧。

⭐ 疲れたような顔をしていますね。
你看起來很累。

⭐ よく休憩しなければならないようですね。
你要好好休息休息。

⭐ 具合が悪そうですね。
你看起來不太好。

⭐ どうしたんですか。顔色が悪そうですね。
你怎麼了？看起來臉色不太好啊。

⭐ 顔色が怖そうですね。
你的臉色真嚇人。

⭐ 顔色が真っ白ですね
你的臉色蒼白得很。

⭐ 顔色がよくないですね
你臉色很難看。

⭐ 疲れたそうですね。

你看起來很累。

★ つらい目にあったそうですね。

你看上去好像吃了不少苦。

★ この様子は怖いですね。

你這樣子真嚇人。

★ 怖い顔をしてますね。

你的氣色很嚇人。

★ すっきりしない顔してますね。

你的神色很不對勁喔。

★ 顔色がよくないですね、何か悪いことがあったんですか？

你今天臉色怪難看的，碰到什麼倒楣事啦？

★ だいじょうぶですか？

沒事吧？

★ どこか具合が悪いですか？

你哪兒不舒服嗎？

★ なんか病気にかかったそうですね。

你看起來好像病了。

★ あなたはやつれましたね。

你有些憔悴。

談論疾病

● 過敏

舉一反三

生活、工作

★ペニシリンアレルギーです。
我對盤尼西林過敏。

★猫アレルギーです。
我對貓過敏。

★犬アレルギーです。
我對狗過敏。

★花粉アレルギーです。
我對花粉過敏。

★ホコリアレルギーです。
我對灰塵過敏。

★ミツバチアレルギーです
我對蜜蜂過敏。

★エビアレルギーです。

我對蝦子過敏。

★ いちごアレルギーなんです。

我對草莓過敏。

★ 私はミルクが飲めません。

我不能喝牛奶。

★ 私は乳製品にアレルギーですから、食べません。

我對乳製品過敏，所以不吃。

★ わたしは牛乳をのむと、消化不良になります。

我喝牛奶會消化不良。

★ 私は花粉症があります。

我有花粉症。

★ 私は乳製品を食べると背中に発疹します。

我一吃乳製品背上就會起疹子。

★ またアレルギー症が再発しました。

我過敏的毛病又犯了。

★ 副鼻腔炎が再発しまさした。

我的鼻竇炎又犯了。

★私は副鼻腔炎に悩まされています。

我的鼻竇炎讓我很煩惱。

★鼻がつまっています。

我的鼻子不通。

★息が苦しいです。

我喘不過氣。

★目が浮腫んでいます。

我眼睛浮腫。

★目のまわりが浮腫んでいます。

我眼圈浮腫。

★目が痒いです。

我眼睛癢。

★はしかにかかりました。

我得了麻疹。

★体に蜂の巣のようなはしかができました。

我身上長出了如同蜂窩狀的疹子。

★チョコレートを食べると、はしかができます。

我一吃巧克力就會起疹子。

★エビを食べると痒くなります。

我一吃蝦，皮膚就癢。

• 生病時的不適感

 舉一反三

★ 気分が悪いです。
我不舒服。

★ 気分がよくないと感じています。
我感到不舒服。

★ 気分がよくない感じです。
我感到不舒服。

★ 重い病気にかかりました。
我病得很嚴重。

★ 体の具合が悪いです。
我身體有點不舒服。

★ つらいです。
我好難受。

★ 死ぬほどつらいです
我難過死了。

★ たいへんつらいです
我非常不好受。

★気分がとても悪いです。

我感到極不舒服。

★病気にかかったみたいです。

我好像病了。

★風邪気味です。

好像感冒了。

★食欲がありません。

我沒食慾。

★気分が悪いです。

我感到難受。

★吐き気がして、気分が悪いです。

我噁心難受。

★吐きそうです。

我覺得快要吐了。

★頭がいたいです。

我頭疼。

★頭が死ぬほどいたいです。

我頭疼死了。

★頭が割れるほど痛いです。

我頭痛欲裂。

★ 頭<ruby>あたま</ruby>がズキンズキンします。

我的頭一跳一抽地疼。

★ 片頭痛<ruby>へんずつう</ruby>があります。

我有偏頭痛。

★ 目眩<ruby>めまい</ruby>がします。

我頭暈。

★ 部屋<ruby>へや</ruby>が回<ruby>まわ</ruby>っているみたいです。

房間好像在轉。

★ 頭<ruby>あたま</ruby>はくらくらして、立<ruby>た</ruby>っていられません。

我頭很暈,站不起來。

★ 胸<ruby>むね</ruby>が苦<ruby>くる</ruby>しいです。

胸口難受。

★ 目眩<ruby>めまい</ruby>がして、なんとなく体<ruby>からだ</ruby>がだるいです。

頭暈目眩,身體疲倦。

★ 筋<ruby>すじ</ruby>が違<ruby>ちが</ruby>えたようで、動<ruby>うご</ruby>かすと痛<ruby>いた</ruby>いです。

筋好像扭了,一動就疼。

★ おなかの調子<ruby>ちょうし</ruby>が悪<ruby>わる</ruby>くて、下痢<ruby>げり</ruby>をしました。

肚子壞了,腹瀉了。

★膝が痛くて、まっすぐできません。

膝蓋疼，直不起來。

★おなかの調子が悪くて、ゴロゴロするんです。

肚子壞了，咕嚕咕嚕直響。

★鼻血が出てしまいました。

流鼻血了。

★喉が痛いです。

喉嚨痛。

★休みたいです。

我需要休息一下。

★居眠りしたいです。

我需要打個盹。

★一日の休暇を取りたいです。

我想要請假一天。

★休暇を取らなければなりません。

我必須請假。

● 照料病人

★ 私が水を持ってきましょう。
我去給你拿杯水。

★ 水とか飲みたいですか？
你想喝點水嗎？

★ 水を飲めばよくなると思います。
喝點水會好一些。

★ お水を飲んで、今はどうですか？
喝了水之後，現在覺得怎麼樣？

★ 横になりたいですか？
你想躺下嗎？

★ 横になって、少し休んだら？
躺下稍微休息一會兒吧。

★ アスピリンを飲みましたか？
你吃阿斯匹林了嗎？

★ アスピリンとかいる？
想要點兒阿斯匹林嗎？

★ お医者さんに来てもらわなくていいですか？

生活、工作

不用叫醫生來嗎？

★早くみてもらったほうがいいです。
還是早點去看醫生較好。

★お医者さんに診てもらいましたか？
你看過醫生嗎？

★手遅れになるかもしれませんよ。
遲了病情恐怕會加重的。

★診ていただいて、どうでしょう？
醫生看了以後說什麼？

★これは人にうつりますか？
它會傳染嗎？

★人にうつる恐れがありますか。
這病有傳染的可能嗎？

★誰かにうつらないようにしてください。
請不要傳染給別人。

★すでに広がっています。
它已經傳染開了。

★よく休んだほうがいいです。
你要多休息。

🌸 ストレスでしょう。よく休んでください。

可能是壓力太大了，好好休息吧。

🌸 働きすぎです。

您工作太累了。

🌸 それは過労でしょう。

大概是過度疲勞吧。

🌸 免疫力が低下してます。

你的抵抗力下降了。

醫生看病

舉一反三

🌸 どうしましたか？

你怎麼啦？

🌸 どこか悪いんですか？

哪兒不舒服？

🌸 どこの具合が悪いんですか？

哪裡不舒服？

🌸 どこか痛いところはありますか？

什麼地方疼？

★ どういう症状が出ていますか？

有什麼症狀？

★ 最近お体がだるいと感じますか？

最近您覺得身體疲勞嗎？

★ 吐き気がしますか？

會覺得噁心嗎？

★ 痛みを感じたのはいつからですか？

什麼時候開始感到疼的？

★ どこがどんなに痛いのですか？

什麼地方疼，怎麼個疼法？

★ 具合の悪いのはここだけですか？

只是這個地方不舒服嗎？

★ 元気そうにお見うけしますが、お体はけっこう弱いんですよ。

你看上去精神很好，其實身體很虛弱的。

★ もう一度説明していただけませんか？

你能把情況再說一下嗎？

★ これは何時頃ついたのですか？

這是什麼時候弄傷的？

★ この傷はいつついたのですか？

這傷什麼時候弄的？

★ この傷はまだ痛みますか？

傷口還疼嗎？

★ ただの風邪なんですか？熱とか出ていませ
ん？

只是感冒嗎？有沒有發燒？

★ 熱はいつから出ていましたか？

什麼時候開始發燒的？

★ 鼻水は出ますか？

流鼻涕嗎？

★ 舌を出してください。

把舌頭伸出來。

★ ちょっと舌を見せてください。

讓我看一下你的舌頭。

★ 風邪気味ですよね。

你有點感冒了。

★ 風邪を引かれたのですか？

你是不是感冒了？

★インフルエンザではないですか？
你是不是得了流行性感冒呀？

★何時から痛くなりましたか？
從什麼時候開始疼的？

★何時からこういうふうになったのですか？
這種情況持續多久了？

★ここは前から痛いのですか？
這兒以前會疼嗎？

★この病気はいつからですか？
這個毛病有多久了？

★以前にこの症状がありましたか？
以前有過這種情況嗎？

★いまもここが痛みますか？
現在這兒還疼嗎？

★どんなふうに痛みますか？
怎麼個疼法？

★こうすると、痛いんですか？
像這樣時，會痛嗎？

★ この辺りはどうですか？痛みますか？

這邊怎麼樣？疼嗎？

★ この前もそうだったんですか？

以前有過這種情況嗎？

★ ずいぶん前からですか？

你這種情況已有很長時間了嗎？

★ 呼吸は苦しくありませんか？

你呼吸有困難嗎？

★ 前は慢性病になったことがありませんか？

過去得過慢性病嗎？

★ 食欲はいかがですか？

你的胃口怎麼樣？

★ 昨日は何を食べましたか？

你昨天吃了什麼東西？

★ どんな薬を飲みましたか？

你吃了什麼藥？

★ 消化はよくないんですか？

你有消化不良的毛病嗎？

★ 吐きましたか？

吐了嗎？

★ よくあせが出ていますか？

你經常出汗嗎？

★ 寝汗はありませんか？

會盜汗嗎？

★ 睡眠はどうですか？

睡眠怎麼樣？

★ 夜よく眠れますか？

晚上能睡得沉嗎？

★ 大便は通常に出ますか？

你大便正常嗎？

★ 大便に血と粘液がありますか？

你大便裡帶血和黏液嗎？

★ 大便が出るのは何日に一回ですか？

幾天大便一次？

★ 咳はありますか？

你咳嗽嗎？

★ 何時から咳がでたんですか？

什麼時候開始咳嗽的？

生活、工作

★ 咳<ruby>咳<rt>せき</rt></ruby>はよく<ruby>出<rt>で</rt></ruby>ていますか？

經常咳嗽嗎？

★ <ruby>咳<rt>せき</rt></ruby>はひどくありませんか？

咳嗽得厲害嗎？

★ <ruby>痰<rt>たん</rt></ruby>が<ruby>出<rt>で</rt></ruby>ますか？

有痰嗎？

★ <ruby>急<rt>きゅう</rt></ruby>に<ruby>胸<rt>むね</rt></ruby>が<ruby>苦<rt>くる</rt></ruby>しくなることがありますか？

有突然胸口不舒服的現象嗎？

★ <ruby>呼吸<rt>こきゅう</rt></ruby>するとき<ruby>痛<rt>いた</rt></ruby>みますか？

呼吸的時候覺得疼嗎？

★ <ruby>息切<rt>いきぎ</rt></ruby>れはありますか？

你會覺得喘不過氣來嗎？

★ <ruby>妊娠何<rt>にんしんなん</rt></ruby><ruby>ケ月<rt>かげつ</rt></ruby>ですか？

你懷孕多久了？

★ ものがぼんやり<ruby>見<rt>み</rt></ruby>えるのですか？

你看東西會模糊嗎？

★ <ruby>目<rt>め</rt></ruby>の<ruby>病気<rt>びょうき</rt></ruby>がありますか？

眼睛有什麼毛病嗎？

★ <ruby>光<rt>ひかり</rt></ruby>に<ruby>弱<rt>よわ</rt></ruby>いんですか？

你的眼睛會怕光嗎？

⭐以前、目の病気になったことがありますか？

你以前得過眼病嗎？

⭐月経は正常ですか？

月經規律嗎？

⭐月経の量は多いですか？

月經量多嗎？

⭐最近体重が減りましたか？

你近來體重減輕了嗎？

⭐手術をしたことがありますか？

你動過手術嗎？

⭐腰は痛くありませんか？

你的腰會疼嗎？

⭐皮膚病がありますか？

你有皮膚病嗎？

⭐かゆみがありますか？

皮膚會癢嗎？

⭐薬によるアレルギーはありますか？

你對藥物過敏嗎？

★ ペニシリンによるアレルギーはありますか？

你對盤尼西林過敏嗎？

★ アレルギーがありますか？

有過敏史嗎？

★ アレルギー体質ですか？

你是過敏體質嗎？

★ 心臓がドキドキしませんか？

你會心跳過快嗎？

★ どこの歯が悪いんですか？

你哪顆牙不舒服？

★ 奥歯を抜いたほうがいいです。

還是把那顆臼齒拔掉吧。

★ たぶん麻疹ではないでしょうか？

看上去像麻疹。

★ 気管支炎だと思います。

我覺得是得了支氣管炎。

★ 盲腸炎にかかりました。

你得了盲腸炎。

★ 花粉症ですか？今年はかかっている人が多い

らしいです。

是花粉症吧。今年好像有很多人得這種病。

★顔が赤いですが、風邪ですか？

你的臉有點紅，是不是感冒了。

★目がすごく赤いんですが、どうかしましたか？

眼睛很紅，怎麼了？

★体温はどうですか？はかりましょうか？

體溫怎麼樣？我幫你量量吧。

★血圧をはかりますので。

我要幫你量血壓。

★点滴が必要です。

需要打點滴。

★念のため、尿の検査をしましょう。

慎重起見，還是驗一下尿吧。

★脈をみましょう。手を出してください。

看看脈搏吧，請把手伸出來。

★胃カメラの検査をしてください。

你去照個胃鏡吧。

🌸 もう一度 CBC を検査したほうがいいです。
你該再檢查一次全血球計數。

🌸 すぐ入院したほうがいいです。
還是馬上住院的好。

🌸 口を開けてください。ああ、少し、はれていますね。
請張開嘴。啊，喉嚨有一點兒腫。

🌸 喉が化膿しています。
喉嚨化膿了。

🌸 ちょっと診てみますから、そこに横になってください。
我給你檢查一下，請在那兒躺下。

🌸 痛み止めの注射をしたほうがいいです。
我看你需要打一針止痛針。

🌸 熱が下がるように注射をしましょう。
打一針退燒針吧。

🌸 頭痛ですから、一応脳血流の検査をしてください。
因為你的症狀是頭痛，所以要檢查一下腦部血流情形。

★ 精密検査が必要です。

你需要做詳細的檢查。

★ 大きく息を吸って、はい、吐いて。

大口吸氣，好，再吐氣。

★ 顔色がわるいですね。

臉色不太好呀。

★ 目眩がしますか？

會頭暈嗎？

★ 熱がありますか？

你有發燒嗎？

★ 大丈夫です。でも二三日ゆっくり休んだほう がいいです。

沒什麼大問題，不過還是休息兩三天較好。

★ 異常はないですが、ちょっと気管支炎になった だけです。

沒什麼異常，有點支氣管炎而已。

★ 腎臓専門の内科に行って診てもらったほうが いいです。

你最好去看腎臟科。

★ 内科のお医者さんに診てもらった方がいいで

すよ。

你還是讓內科大夫看看的好。

最近、予防接種をしたことはありますか？

最近有沒有打預防針？

血液型はご存知ですか？

你知道自己的血型嗎？

糖尿病は何時からですか？

你得糖尿病多久了？

ご家族の中に糖尿病にかかった方がいますか？

你家族有人得過糖尿病嗎？

身内で同じような病気にかかった方はいますか？

你的親戚中有誰得過同樣的病嗎？

お母さんはどんな病気で亡くなられましたか？

你母親死於何種疾病？

今なにか病気はありますか？

現在有沒有什麼疾病？

患者描述病情

舉一反三

★血が出ました。
我流血了。

★血がとまらないです。
血止不住。

★下痢をしています。／下痢です。
我拉肚子了。

★便秘しています。
我有便秘。

★妊娠しました。
我懷孕了。

★二回吐きました。
我吐了兩次。

★咳がひどいです。
我咳得厲害。

★熱があります。

我在發燒。

★ 頭が痛いです。

我頭痛。

★ 鼻が詰まります。

我鼻塞。

★ 最近調子が悪いです。

我這幾天很難受。

★ 左腕が上がらないんです。

我的左臂舉不起來。

★ 体がだるいんです。

我渾身無力。

★ 食欲が無いんです。

我什麼也不想吃。

★ お中がゴロゴロするんです。

肚子咕嚕咕嚕直響。

★ 胃が痛いんです。

我胃疼。

★ のどが痛いんです。

我喉嚨疼。

★ 吐き気がするんです。

我一直想吐。

★ 頭が割れるほど痛いんです。

我的頭像要裂開似的疼。

★ 悪寒がします。

我冷得發抖。

★ 背中が痛いです。

我背痛。

★ あまりに痛くて眠れないんです。

我疼得睡不著。

★ 寒気がするし、吐き気もします。

我渾身發冷，直想吐。

★ 胃の調子がよくないです。

我的胃不太舒服。

★ 心臓病があります。

我有心臟病。

★ 高血圧です。

我高血壓。

★ 低血圧です。

我低血壓。

関節炎です。

我患有關節炎。

心筋梗塞を起こしたことがあります。

我有心肌梗塞過。

血液型はＯ型です。

我的血型是Ｏ型。

家族は全員がこの病気にかかりました。

家族裡的人都患有這個病。

父の親戚がみんなこの病気にかかりました。

我父親的所有親戚都有這個病。

検査をしていただきたいんです。

我想做個檢查。

腰が痛くてまっすぐにできません。

我腰痛得直不起來。

顔のこっちが腫れています。

我的臉這邊腫了。

歯茎が化膿しているみたいです。

牙根的地方好像化膿了。

★転びました。
我摔倒了。

★足をくじきました。
我扭傷了腳。

★足を捻挫しました。
我挫傷了腳。

★頭がずきんずきんします。
頭一跳一跳地疼。

★お中が痛くてたまりません。
肚子痛得難受。

★皮膚が炎症を起こしています。
我的皮膚發炎了。

★腕が痛くて上がらないんです。
我的胳臂疼得舉不起來。

★飲みすぎて、胸がむかむかします。
我喝多了，直想吐。

★膝の調子が悪いんです。
我的膝蓋一直不好。

★階段の昇り降りのたびに膝が痛くてたまりま

せん。
上下樓梯時，膝蓋痛得不行了。

★ ここ数日しょっちゅう耳鳴りがします。
這幾天經常耳鳴。

★ 筋を違えたようで、動かすと痛みます。
筋好像扭傷了，一動就痛。

★ 昨日一日中涙が出て困りました。
我眼睛昨天流了一整天的淚，很難受。

★ 視力が低下しています。
我的視力衰退了。

★ 目が痒いです。
我的眼睛發癢。

★ 鼻血がよく出ます。
我的鼻子常出血。

★ 体全身が痛いんです。
我渾身都痛。

★ くしゃみがとまりません。
我一直打噴嚏。

★ 下痢して、あしがふらふらします。

我拉肚子，腿一點力也沒有。

★<ruby>肩<rt>かた</rt></ruby>が<ruby>凝<rt>こ</rt></ruby>っています。

我肩膀酸痛。

★<ruby>私<rt>わたし</rt></ruby>は<ruby>喘息<rt>ぜんそく</rt></ruby>です。

我患有氣喘病。

★<ruby>湿疹<rt>しっしん</rt></ruby>になりました。／<ruby>湿疹<rt>しっしん</rt></ruby>が<ruby>出<rt>で</rt></ruby>ました。

我得濕疹了。

★<ruby>發疹<rt>はっしん</rt></ruby>して、<ruby>全身<rt>ぜんしん</rt></ruby>がかゆいです。

我長疹子了，渾身發癢。

★<ruby>皮膚<rt>ひふ</rt></ruby>にこういうできものができています。

我的皮膚上長出了這些腫塊。

★<ruby>寝<rt>ね</rt></ruby>るときにも<ruby>足<rt>あし</rt></ruby>がよくつります。

我睡覺時腳經常抽筋。

★<ruby>首<rt>くび</rt></ruby>の<ruby>筋肉<rt>きんにく</rt></ruby>がひきつっています。

我的頸部抽筋。

★<ruby>背中<rt>せなか</rt></ruby>の<ruby>筋肉<rt>きんにく</rt></ruby>が<ruby>痙攣<rt>けいれん</rt></ruby>しています。

我的背部肌肉痙攣。

★ここはちょっとはれています。

這裡稍微有點腫。

ここがちくちくする。
這兒有刺痛感。

刺されたような痛みがあります。
我有一種刺痛的感覺。

体がくたくたです。
我感到身體虛弱。

最近よく目眩がするのです。
最近老覺得頭暈目眩。

熱が出たと思います。
我感到有點發燒。

冷や汗をかいたりします。
我感到一陣陣地冒冷汗。

寒気がしたり、熱っぽく感じます。
我覺得一會兒冷，一會兒熱。

足の力が抜けて立てないのです。
我的腿不能用力，站不住。

足に力が入らず立てません。
我的腿發軟，站不起來。

大便のときヒリヒリします。

我大便時，有火辣的感覺。

★よく吐きます。
我經常嘔吐。

★食べたものを全部吐きました。
吃下的東西全吐出來了。

★食べたらすぐ戻します。
才吃下去就吐。

★妊娠して、毎朝吐き気がします。
我懷孕了，每天早上都會覺得噁心。

★四日前から食欲がなくなりました。
4天前我就沒胃口了。

★一週間前に発病しました。
一週前發病的。

★強い光に当たると、目が痛くなります。
我的眼睛在強光下會痛。

★周りがうるさいと、耳が痛みます。
在吵鬧的環境中我的耳朵會痛。

★こうすると、腕が痛くなります。
我這樣動時，胳臂就會痛。

✿ ここが痛いです。

這裡痛。

✿ 走るときここが痛いです。

我跑步時這兒就痛。

✿ 動けないです。動くと、痛いです。

動不了。一動就疼。

✿ 押すと痛いです。

一按就疼。

✿ 夜よく眠れません。

晚上我總睡不著覺。

✿ 朝起きられません。

早上爬不起來。

✿ 一晩中全然眠れませんでした。

我一整夜都不能入睡。

✿ 目が開けられません。

我睜不開眼。

✿ 最近よく居眠りします。

最近我老是打瞌睡。

✿ どうも胃の調子が悪いんです。

胃實在疼得難受。

朝からこの手がしびれて、指先に感覚がない
です。

早上開始這隻手就發麻，手指尖沒有感覺。

腰が痛くて、立っているのがつらいです。

腰痛得站著時很難受。

腰のここが痛みます。しかも足のこのあたり
も痛みます。

腰這兒疼。大腿這裡也疼。

背中が痛みます。

我後背疼。

ぎっくり腰になりました。

我閃到腰了。

背中を捻挫しました。

我背部扭傷了。

階段から転げ落ちました。

我從樓梯上摔下來。

ボールに当たりました。

我被球擊中了。

✦ バットに当たりました。
我被球棒打到了。

✦ 事故にあいました。
我碰上了意外事故。

✦ 筋肉痛です。
我肌肉痛。

✦ 私は肉離れしました。
我拉傷了肌肉。

✦ 右手首を捻挫しました。
我扭傷了右手腕。

✦ スキーで足を捻挫しました。
滑雪時扭傷了腳踝。

✦ 足首が腫れました。
我的腳踝腫了。

✦ 赤く腫れ上がっています。
它紅腫得很厲害。

諮詢醫療問題

 舉一反三

★この病気は治りますか？

這病能治好嗎？

★手術は痛くないんですか？

手術不會疼嗎？

★重いんですか？

這病嚴重嗎？

★骨折ですか？／骨が折れていますか？

骨折了嗎？

★悪性ですか？

是惡性的嗎？

★癌ですか？

是癌症的嗎？

★この病気は治りますか？

這病能治好嗎？

★薬でなおりますか？

吃藥能治好嗎？

★ なんとかなりませんか？／どうにかしてくれませんか？

你能採取些措施嗎？

★ 縫合（ほうごう）する必要（ひつよう）がありますか？

需要縫合嗎？

★ 手術（しゅじゅつ）が必要（ひつよう）ですか？

我需要動手術嗎？

★ 手術（しゅじゅつ）（の費用（ひよう））は保険（ほけん）が利（き）きますか？

我的醫療保險能負擔手術費用嗎？

★ 入院（にゅういん）ということになりますか？／入院（にゅういん）しなければなりませんか？

我必須住院嗎？

 說明治療情況

 舉一反三

★ もう治（なお）りました。

我已經痊癒了。

病気が全快しました。

我已經痊癒了。

完治しました。

我的病已經完全好了。

病気はすでに快復した。

我的病已經完全痊癒了。

病気なんかなったことがないと思います。

我覺得像是沒病過一樣。

自分が別人のようになったと思います。

我感到自己好像換了個人似的。

病気がなおって健康のありがたさを知った。

病好了我才知道健康的可貴。

命のありがたさが分かりました。

我明白了生命的可貴。

少しずつよくなっています。

我正在好轉。

少しずつ回復しています。

我的病情正在好轉。

私はもう危険が過ぎました。

我已脱離了危險。

最悪のときがすぎて今回復しています。
最壞的時刻已經過去，我的病情現在正在好轉。

よくなりました。
我現在好多了。

前よりずいぶんよくなりました。
我比原來好多了。

まだ治療中です。／治療がおわっていません。
我仍在接受治療。

まだ治療をうけています。
我仍在接受治療。

専門家に診てもらっています。
我仍在請專家治療。

 開藥及服藥說明

 舉一反二

これが処方箋です。

生活、工作

這是處方箋。

★今すぐ処方箋を出します。
我馬上給你開處方。

★痛み止め薬を出します。
我給你開些止痛藥。

★睡眠薬を出します。
我給你開一些安眠藥。

★この薬は腫れに効きます。
這種藥可以消腫。

★この胃薬は痛み止めの効果があります。
這種胃藥可以止痛。

★これは痛み止めの薬です。
這是止痛藥。

★この薬は外用だけに使ってください。
這種藥只能外用。

★これで痛みはすぐ止まります。
這藥可以迅速止痛。

★このうがい薬は喉の痛みに効きます。
這個漱口藥能治你的喉嚨痛。

★ これは解熱剤です。

這是退燒藥。

★ これは内服薬です。

這是口服藥。

★ 一日三回、食後に毎回一錠ずつ服用してください。

每日 3 次，每次 1 片，飯後服用。

★ 一日一匙お飲みください。

一天服 1 茶匙。

★ 一日三回、毎回一匙飲むのです。

每天服 3 次，每次 1 茶匙。

★ 一日に三回、毎回一錠ずつ服用してください。

一天 3 次，每次服 1 錠。

★ 一日三回、一回に二個飲むのです。

每天 3 次，每次服 2 粒膠囊。

★ 午前に服用してください。

請上午服用。

★ 寝る前に服用してください。

請睡前服用。

必要なとき服用してください。

需要時再服用。

毎日午前中に二錠、二週間続けて服用してください。

每天上午 2 錠，連服 2 週。

二十四時間内に四回以上を服用しないでください。

24 小時內，服藥不能超過 4 次。

食後に服用してください。

請飯後服用。

食前に服用してください。

請飯前服用。

この薬は食事と同時に服用してください。

這種藥需在用餐時服用。

食事するときこの薬を服用してください。

這種藥需在用餐時服用。

服用の前後三十分は何も食べないでください。

服用這種藥前後半小時內不能吃東西。

この薬を服用しているときは大型機械の操

作をしないでください。
服用這種藥期間切勿操作重型機械。

（服用時は）飲酒しないでください。
（服用這種藥時）切勿飲酒。

この薬を飲んだ後、車の運転は禁止です。
服用此藥後禁止開車。

 探視病人

 舉一反三

お見舞いにまいりました。
我來探望您了。

今日の具合はどうですか？
今天感覺怎樣？

今日はよくなりましたか？
今天感覺好些了嗎？

お元気そうですね。
你看上去氣色不錯。

ずいぶん元気になっていますね。

你的氣色真不錯。

これ、お見舞いのお花です。
這是我給你帶來的花。

キャンディを持ってきました。
我給你帶來些糖果。

あなたのことを聞いてすぐきました。
我一聽到你的情況就過來了。

私はすぐあなたを見に来ました。
我趕緊過來看你。

事故だと聞いた時、びっくりしましたよ。
聽說你出了意外，嚇了我一大跳。

いろいろ検査してどんな病気か分かりましたか？
做了那麼多檢查，查出是什麼病了沒有？

診断の結果はどうですか？
診斷結果如何？

どのぐらい入院しますか？
你要在醫院裡住多久？

何時に退院できるのでしょうか？

你什麼時候出院回家？

もう少しの辛抱ですよ。

再忍耐一陣子就好了。

手術後、どうですか？

手術後情況怎麼樣啊？

回復はずいぶん早いですね。

你恢復得可真快呀。

この病院はどうですか？

這家醫院怎麼樣？

お医者さんの腕はどうですか？

醫生好嗎？

食欲はどうですか？

胃口怎麼樣？

何か足りないものはありますか？

你需要什麼東西嗎？

看護婦さんを呼んできます。

我去叫護士來。

ここの料理は言われた通りにまずいですか？

這裡的料理像他們所說的那麼差嗎？

心理衛生

舉一反三

助（たす）けてください。
我需要幫助。

私（わたし）は最近（さいきん）落（お）ち込（こ）んでいます。
我近來精神萎靡不振。

自殺（じさつ）したいです。
我想自殺。

死（し）にたいです。
我不想活了。

よく自殺（じさつ）しようと考（かんが）えています。
我經常想自殺。

ひとりぼっちで寂（さび）しいです。
我總是一個人感到很孤獨。

孤独（こどく）を感（かん）じます。
我很孤獨。

いつも恐怖心（きょうふしん）を感（かん）じます。

生活、工作

我心裡很恐懼。

仕事で疲れています。

工作把我累垮了。

ストレスがたまっています。／ストレスを感じています。

我感到壓力很大。

みんなの前ですごく緊張します。

在公眾面前，我很緊張。

心理的に不安です。

我的心情非常不安。

心配しています。

我總是很憂慮。

いつも耳鳴りがします。

我老是耳鳴。

幻覚が見えました。

我看見了幻影。

お酒を飲み過ぎてしまいました。

我酒喝多了。

私は飲みすぎました。

我喝太多了。

☆ ほとんど毎日酔っ払っています。

幾乎每天都喝得酩酊大醉。

☆ たぶん飲みすぎだと思います。

我大概喝得太多了。

☆ 私は誰よりも飲んでいたと思います。

我想我喝得比誰都多。

☆ 本当に飲みすぎました。

真的喝得太多了。

☆ お酒が大好きです。／アルコールが好きです。

我這個人愛貪杯。

☆ 誰にも好かれていません。

沒有人喜歡我。

☆ 愛されていません。／誰も愛してくれません。

沒人愛我。

☆ 上司に嫌われています。

老闆討厭我。

私は親を恨んでいます。

我恨我父母。

私は自分の子供を愛していません。

我討厭我的孩子。

仕事が嫌いです。

我討厭我的工作。

上司が苦手です。

我討厭我的老板。

仕事が好きではないです。

我討厭上班。

私は家に帰りたくない。

我討厭回家。

私は親に逆らっています。

我對我父母懷有敵意。

親が大嫌いです。

我恨死我的父母了。

私はなぜこういう気持ちになったか分かりません。

我不知道我的心情怎麼會變成這樣。

私にも本当にわかりません。

我真的說不出來。

なぜ私は怒ったのか分かりません。

我說不清楚為什麼會發怒。

私は本当の気持ちを出すのが怖いです。

我害怕流露出我的感情。

みんなに笑われるのが怖いです。

我害怕人們會嘲笑我。

私は簡単に負けてしまいました。

我被別人輕而易舉地打敗了。

なかなかノーと言えません。

我說不出「不」字。

私はやる気がありません。

我沒有衝勁。

私は上の立場になりたくないです。

我不想向上爬。

私は昇進する気がありません。

我沒有積極進取的精神。

彼女が浮気していることを気づきました。／

彼女が不倫していることを気づきました。

我發覺她跟別人私通。

彼が他の人と付き合っているのを気づきました。

我發覺他背著我跟別人約會。

彼女は他の男と付き合っています。

她還和別的男人來往。

彼女は他の男がいます。

她還有別的男人。

彼は他の子が好きになりました。

他已愛上別人。

彼女は他の男が好きになりました。

她另有新歡。

彼は浮気しています。

他在外面胡來。

私たちは今の結婚生活を続けたいんです。

我們想盡力挽救這樁婚姻。

私たちは離婚したくないです。

我們想挽回這樁婚姻。

★ 私たちは元に戻りたいです。

我們想重歸於好。

★ 私たちの結婚生活はもう終わりました。

我們的婚姻已經完了。

★ 私たちはもうお互いにときめいていません。

我們之間的新鮮感已煙消雲散了。

★ ハネムーン後気持ちがなくなりました。

蜜月後就沒感覺了。

★ もう愛情はありません。

已經無愛情可言。

★ 私はもう彼女のことを愛していません。

我不再愛她了。

★ 彼女はもう私のことを愛していません。

她已經不愛我了。

★ 私たちに気持ちはありません。

我們已同床異夢了。

★ 些細なことで頭がかっとなります。

一些小事情也會令我很生氣。

★ 私の話をぜんぜん聞いてくれません。

我的話他從來聽不進去。

私たちは話すことが何もありません。

我們之間無話可說。

彼は私のことをぜんぜん気に掛けていません。

他一點都不在意我。

彼は私に怒鳴ります。

他對我總是大吼大叫。

私が彼を必要な時、彼はいつもそばにいないです。

我需要他的時候，他從不在身旁。

彼はいつも友達と一緒にいます。

他總是跟他的朋友在一起。

私は少女時代にセクハラされました。

我少女時受過性騷擾。

私は幼い頃犯されました。

我小時候遭到了調戲。

少女時代に体を傷つけられました。

我少女時遭到猥褻。

旦那に殴られました。

我丈夫打了我。

私は子供を殴りました。

我打了我的孩子。

 3.校園話題

 談論課程

● 詢問時常用語

 舉一反三

あなたは今学期忙しいですか？

你這學期功課忙嗎？

今学期の授業のスケジュールはハードですか？

你這學期的課程安排很緊嗎？

今学期の授業はどのぐらいありますか？

你這學期上幾堂課？

必須科目はどのぐらいありますか？／必須科
目はいくつありますか？

你上幾堂必修課？

今学期は選択科目がありますか？

這學期你有選修課嗎？

英作文の授業を選びましたか？

你選英語寫作了嗎？

他の授業を選びましたか？

你旁聽別的課程嗎？

語学の授業は必須科目ですか？それとも選択
科目ですか？

語言學是必修科目，還是選修科目？

あなたの授業のスケジュールはハードに感じ
ます。

我覺得你的課程太忙了。

あなたの授業のスケジュールはハードです
ね。

恐怕你的課程負擔有點太重了。

今期は授業が少ないですね。

你這學期的課程不多呀。

單位は足りますか？

你的學分夠嗎？

あまり授業を選択していないですが、どうしてですか？

你沒有選多少課嘛，為什麼？

• 回答時常用語

🎸 舉一反三

今期はあまり忙しくないです。

這學期不太忙。

過去の三年間授業で忙しかった。

在過去的三年裡我的功課很忙。

私の授業は必須科目が五つ、選択科目が二つです。

我上 5 堂必修課和 2 堂選修課。

今期の授業は多くないです。

我這學期的課程不多。

卒業前に就職活動で忙しいです。

畢業前我忙著找工作。

選択科目は二つあります。

我上 2 堂選修課。

★ 心配しないで、私はうまく解決できます。

別擔心，我能處理得很好。

 談論考試

・詢問時常用語

 舉一反三

★ 来週の月曜日の期末試験の準備はできましたか？

下週一的期末考你準備好了嗎？

★ 今週の土曜日の英語試験は大丈夫ですか？

這個星期六的英語期末考你準備好了嗎？

★ コンピューターの授業の点数は何点です？

你電腦考了多少分？

★ 英語検定4級は難しいですか？

英語4級考試難通過嗎？

★ なぜあなたの成績はそんなによかったんですか？

你怎麼考得這麼好？

今回の試験はよくできましたか？

這次你考得好嗎？

おめでとうございます。

祝賀你！

今回の試験は非常に難しいと聞きました。

我聽說這次考試題目非常難。

私はもう諦めません。

我已經不再放棄了。

もう時間がないです。頑張ってください。

已經沒有時間了，你趕緊唸書吧。

後悔しても遅いですよ。

後悔也來不及了。

これはいい方法だと思いません。

我看這不是明智的辦法。

徹夜の勉強はあなたに向いてないと思います。

我想熬夜讀書對你不會有什麼好處。

じゃ、いい成績をとってね。

那麼，祝你有個好成績。

・回答時常用語

🎸 舉一反三

受験勉強をぜんぜんしてないから、今回はだめです。

我根本沒準備，這次差得遠呢。

なぜこの授業を選択したのか私にもわかりません。

我也不知道我怎麼會選了這堂課。

今回の試験は不合格です。

我這次考試不及格。

数学のテストは不合格です。

我的數學考試不及格。

化学のテストは不合格です。

我化學考試沒過。

私はトップでした。

我考了第一。

私は二番目でした。

我考了第二名。

午前の試験は楽勝でした。

今天上午的考試真是輕鬆簡單。

私は三十分以内に出来上がりました。

我半小時內就做完了。

すごく簡単でした。

非常容易。

難しいです。とても難しいです。

很難。非常難。

非常に難しかったので、不合格の人がいっぱいでした。

非常難，所以許多人都沒過。

ちっとも簡単ではありません。

一點也不容易。

試験？私は試験がいやです。

考試？我討厭考試。

ぜんぜん簡単じゃない。

一點也不容易。

私はまた徹夜するかもしれません。

說不定我還得熬夜呢！

談論專業

- 詢問時常用語

舉一反三

🎵 専攻は何ですか？

你的主修科目是什麼？

🎵 何の専攻ですか？

你主修什麼？

🎵 何を勉強するつもりですか？

你打算學什麼？

🎵 どんな勉強したいですか？

你打算修些什麼科目？

🎵 大学でどんな勉強する予定ですか？

你打算在大學學些什麼？

🎵 卒論のテーマは何ですか？

你畢業論文的題目是什麼？

🎵 このテーマは難しいと思いますが、そうなんですか？

這個題目的論文挺不好寫的，是嗎？

● 回答時常用語

🎵 舉一反三

🌟 専攻は語学です。

我主修語言學。

🌟 数学を勉強しています。

我在唸數學。

🌟 パソコンは私の専攻です。

個人電腦是我的主修課程。

🌟 専攻は有機化学です。

我主修有機化學。

🌟 土木工学は私の専攻です。

土木工程是我的主修課程。

🌟 大学で日本経済を勉強しています。

我在大學裡學習日本經濟。

🌟 専攻は日本文学です。

我主修日本文學。

🌟 今期は日本文学の授業があります。

這學期我要上日本文學。

🌟 世界史は私の専攻です。

世界歷史是我的主修課程。

私は経済学部の学生です。

我是經濟學系的學生。

心理学は私の専攻です。

我是學心理學的。

医学を勉強しています。

我是學醫的。

物理学部の学生です。

我是物理學系的學生。

今生化学の勉強をしています。

我正在攻讀生物化學。

今コンピューターの修士課程を勉強しています。

我正在攻讀電腦的碩士學位。

私は原子物理の博士になる課程を勉強するつもりです。

我準備攻讀原子物理學博士學位。

来年から、生化学の博士になる課程を始めるつもりです。

我準備明年開始攻讀生物化學博士學位。

芸術の授業を選択するつもりです。

我打算選修藝術課程。

山下教授の講座を聞きに行く予定です。

我打算去聽山下教授的講座。

北京大学に××の修士課程を勉強するつもりです。

我打算去北京大學讀××碩士課程。

ハーバード大学に修士課程を勉強するつもりです。

我打算去哈佛大學讀碩士課程。

研究テーマはコンピューターです。

我的研究領域是電腦。

たぶん奨学金をもらえると思います。

我想我大概能得到獎學金。

私は必須科目を再び受講する必要があります。

我必須重修必修科目。

私はまた原子物理の授業を選びました。

選修課我還選了原子物理。

心理の授業はまた四単位が必要です。

心理學我還需要 4 個學分。

借書和雜誌

- 讀者常用語

 舉一反三

✿ <ruby>貸出<rt>かしだし</rt></ruby>カード<ruby>一枚<rt>いちまい</rt></ruby><ruby>申請<rt>しんせい</rt></ruby>したいです。

我想申請一張借書證。

✿ <ruby>貸出<rt>かしだし</rt></ruby>カードを<ruby>申請<rt>しんせい</rt></ruby>する<ruby>必要<rt>ひつよう</rt></ruby>がありますか？

我必須申請一張借書證嗎？

✿ <ruby>新刊<rt>しんかん</rt></ruby>「English Knowledge」<ruby>雑誌<rt>ざっし</rt></ruby>がありますか。

你們有最新的《英語知識》雜誌嗎？

✿ これらの<ruby>雑誌<rt>ざっし</rt></ruby>は<ruby>貸出<rt>かしだ</rt></ruby>しできますか？

這些雜誌能外借嗎？

✿ <ruby>新刊雑誌<rt>しんかんざっし</rt></ruby>がありますか？

有新出的雜誌嗎？

✿ <ruby>探偵小説<rt>たんていしょうせつ</rt></ruby>を<ruby>借<rt>か</rt></ruby>りたいです。

我想借本偵探小說。

★ 自然科学についての本を借りてもいいですか？

我可以借一些自然科學方面的書嗎？

★ 地理学についての本を探したいです。

我想找地理學方面的書。

★ 文学についての本を紹介してくれますか？

能推薦給我一本文學方面的書嗎？

★ コンピューターの本を一冊借りたいです。

我想借一本電腦方面的書。

★ どんな本がいいですか？紹介してくれますか？

讀什麼好呢？你可以介紹一下嗎？

★ どうすれば探したい本が本棚で見つかりますか？教えてくれますか？

怎樣從這些書架上找到我想要的書，請告訴我好嗎？

★ さがしたい本がありますが、手伝ってもらえますか？

我想找本書，你能幫助我嗎？

★ 本棚の中には探したい本が見つからないの

で、探してくれますか？

在書架上我找不到那本書，請幫我找一下好嗎？

この本を貸出してくれますか？

這本書能借出去嗎？

この本を何時返したらいいですか？

這本書應該什麼時候還？

どのぐらいの期間貸出しできますか？

我可以借多久？

一回で何冊貸出しできますか？

我一次可以借多少本書？

この本をもっと長く借りたいですが・・・

這本書我想多借一段時間。

また二週間借りたいです。

我想再借兩個星期。

また一週間借り続けたいです。

我想再續借一個星期。

借り続ける時、この本を持ってくる必要があ
りますか？

續借的時候必須把書帶來嗎？

● 管理員常用語

舉一反三

★ まずコンピューターで借りたい本を予約して
ください。
請先在電腦上預約想借閱的書。

★ この本が貸出禁止ですが、必要な文章をコ
ピーすることができます。
這本書不能外借，但可以影印你要的文章。

★ すみません、この本は貸出中です。
對不起，這本書被借走了。

★ 探したい本はもう貸出しました。
你要的那本書已經被借出去了。

★ すみません、探したい本は見つかりません。
對不起，你要的書找不到。

★ この本はよく貸出中です。
這本書很熱門已經被借走了。

★ どのぐらいの期間借りたいですか？
你要借多久？

★ 今から二週間以内に返却してください。

從今天起兩個星期到期。

🌸 この本<ruby>借<rt>か</rt></ruby>り<ruby>続<rt>つづ</rt></ruby>けることができます。

這本書可以續借。

🌸 <ruby>返却<rt>へんきゃく</rt></ruby><ruby>期限<rt>きげん</rt></ruby>は<ruby>二週間<rt>にしゅうかん</rt></ruby>です。

你必須在兩週內還書。

🌸 <ruby>三週間<rt>さんしゅうかん</rt></ruby><ruby>以上<rt>いじょう</rt></ruby>は<ruby>貸出禁止<rt>かしだしきんし</rt></ruby>です。

你不能借 3 個星期以上。

🌸 もし<ruby>貸出<rt>かしだし</rt></ruby><ruby>期間<rt>きかん</rt></ruby><ruby>以内<rt>いない</rt></ruby>に<ruby>返却<rt>へんきゃく</rt></ruby>できない<ruby>場合<rt>ばあい</rt></ruby>は<ruby>追加<rt>ついか</rt></ruby><ruby>料金<rt>りょうきん</rt></ruby>をいただきます。

如果你不能按時還書就得付罰款。

🌸 この本は<ruby>貸出<rt>かしだし</rt></ruby><ruby>期限<rt>きげん</rt></ruby>より<ruby>三日間<rt>みっかかん</rt></ruby><ruby>過<rt>す</rt></ruby>ぎました。

您借的書過期 3 天了。

🌸 たぶんこの本は<ruby>貸出<rt>かしだし</rt></ruby><ruby>期限<rt>きげん</rt></ruby>より<ruby>二日間<rt>ふっかかん</rt></ruby><ruby>過<rt>す</rt></ruby>ぎたと<ruby>思<rt>おも</rt></ruby>います。

恐怕你的書過期兩天了。

🌸 <ruby>追加<rt>ついか</rt></ruby><ruby>料金<rt>りょうきん</rt></ruby>をいただきます。

你得交罰款。

4.和人閒聊

談論天氣

● 詢問時常用語

舉一反三

★ 今晩にわか雨が降るんですか？
今晚有陣雨嗎？

★ 今晩はあらしになりますか？
今晚有暴風雨嗎？

★ 明日の天気はどうですか？
明天的天氣怎麼樣？

★ 明日は雨が降るかどうかわからない。
不知明天會不會下雨。

★ 明日雪が降るかどうかわからない。
不知明天會不會下雪。

★ 明日はかぜがあるかどうかわからない。

不知明天會不會颱風。

明日（あした）は晴（は）れるかどうかわからない 。
不知明天會不會轉晴？

天気予報（てんきよほう）によると明日（あした）の天気（てんき）はどうですか？
天氣預報說明天的天氣怎麼樣？

天気予報（てんきよほう）は何（なん）でしたか？
天氣預報怎麼說的？

雨（あめ）が降（ふ）ると思（おも）いますか？
你覺得會下雨嗎？

雪（ゆき）が降（ふ）ると思（おも）いますか？
你覺得會下雪嗎？

● 回答時常用語

舉一反三

今日（きょう）は風（かぜ）が強（つよ）かった 。
今天風很大。

今日（きょう）は激（はげ）しい雨（あめ）でした 。
今天雨真大。

風（かぜ）がちっともないです。
一點風都沒有。

風が起こりました。

起風了。

今日の風はつよくないです。

今天的風不大。

今日は風です。

今天有風。

明日は風がありそうです。

據說明天有風。

今日はいいお天気です。

今天是好天氣。

晴れてますけど、結構さむいです。

天氣雖然晴朗，但是很冷。

すごく蒸し暑いです。

天氣非常悶熱。

こんな天気はもう一週間続きました。

這種天氣已經持續一個星期了。

天気予報とだいぶ違います。

跟天氣預報說的不一樣。

天気はよくなりそうにないです。

看起來天氣不太可能好轉。

天気<ruby>天<rt>てん</rt></ruby><ruby>気<rt>き</rt></ruby>はかわりましたよね。

真的變天了呢！

★ また<ruby>晴<rt>は</rt></ruby>れてきてよかったです。

看到太陽又出來了，真讓人高興。

談天說地

● 詢問時常用語

舉一反三

★ この<ruby>数<rt>すう</rt></ruby><ruby>日<rt>じつ</rt></ruby><ruby>何<rt>なに</rt></ruby>をやってますか？

這幾天你在忙些什麼？

★ <ruby>週末<rt>しゅうまつ</rt></ruby>は<ruby>何<rt>なに</rt></ruby>をするんですか？

週末你做什麼？

★ <ruby>日曜日<rt>にちようび</rt></ruby>もこんなに<ruby>忙<rt>いそが</rt></ruby>しいですか？

星期天你也這麼忙嗎？

★ <ruby>毎年連続休暇<rt>まいとしれんぞくきゅうか</rt></ruby>はありますか？

你每年都有連假嗎？

★ あなたの<ruby>会社<rt>かいしゃ</rt></ruby>の<ruby>経営<rt>けいえい</rt></ruby>はどうですか？

你們公司的營運狀況如何？

★ よくお友達の家に行きますか？

你經常拜訪朋友嗎？

★ 毎日何時に起きますか？

你每天幾點鐘起床？

★ 普段何を使って会社に行きますか？

你通常怎麼去上班？

★ あなたは朝から仕事ですか？

你通常上日班還是……？

★ よく残業しますか？

你經常加班嗎？

★ 毎日どうして喧嘩するんですか？

你們每天都吵些什麼？

★ 李さんと結婚しますか？

你要和小李結婚嗎？

★ 血液型は何ですか？

你是什麼血型？

★ AB 型ですよね。

你是 AB 型吧。

どこへ行ったんですか？ずいぶん会わなかった。

你去哪兒了？好長時間沒見到你了。

日本に行ったことがありますか？

你去過日本嗎？

・回答時常用語

🎸 舉一反三

私はいつもテレビを見た後、本を読んだりします。

我經常看一會兒電視，然後再看點書。

私は週末が本当に忙しいです。

我的週末確實很忙。

普段に十一時ごろ寝ます。

我通常 11 點左右睡覺。

週末は私はショッピングしたり、友達に会ったり、或いはテレビを見たりします。

週末我通常去購物、訪問朋友或者看電視。

先月日本に出張しました。

上個月我去日本出差了。

★ 旅行が大好きなんですけど、休みがないです。

我最喜歡旅遊了，但是我沒有假期。

★ ミルクよりお茶の方が好き。

和牛奶比起來我較喜歡喝茶。

★ 読書がすきです。

我喜歡讀書。

★ フランスで何日間か滞在する予定です。

我要在法國待幾天。

★ 私の家族はよくお客様をご招待します。

我的家人很好客。

★ いつもパリーまで、お母さんに会いに行きます。

我經常去巴黎探望我的母親。

★ 妻は家で仕事をしています。

我太太在家裡工作。

★ 彼女は家事や育児をしています。

她做家務、照顧孩子。

★ 週末、李と結婚する予定です。

我打算週末和小李結婚。

愛しているから、他の男を選ぶことはないです。

我愛他，所以不會選擇別的男人。

私はＡ型の人がすきです。彼はＡ型だから、私は本当にラッキーです。

我喜歡 A 型的男人，而我的男友是 A 型。我真是太幸運了！

Ｏ型の女性とＢ型の男性は相性がいいと聞きました。

我聽說 O 型的女人和 B 型的男人很搭調。

談論抽菸

🎻 舉一反三

タバコを吸いますか？

你抽菸嗎？

タバコをどうぞ。

請抽菸。

タバコはおいしいですか？

這菸好抽嗎？

遠慮しないで、どうぞ、吸ってください。

別客氣，請隨便抽吧。

タバコはどう？

來支菸嗎？

マルボロがありますが、一本どう？

我有一包「萬寶路」。你想來一支嗎？

よく吸いますか。

你經常抽菸嗎？

タバコの銘柄はなんですか？

你的菸是什麼牌子的？

今本数が減りましたか？／本数が少なめになりましたか？

你現在菸抽得少一點了嗎？

必ずやめなければならないですか？

你一定得戒菸嗎？

このタバコを吸いますか？

你抽這種香菸嗎？

一日何本吸いますか？

一天抽幾支？

✿ タバコを吸ってもいいですか？
你介意我抽菸嗎？

✿ マッチありますか？
你有火柴嗎？

✿ ライターありますか？
你有打火機嗎？

✿ 私のタバコをどうぞ。昨日あなたのを吸いましたから。
請抽我的。昨天我抽過你的菸了。

✿ 私の一本をどうぞ。いつもあなたからもらっていますから。
請抽一支我的菸。我老是抽你的。

✿ じゃ、いただきます。でも今度、私のを吸ってください。
那就不客氣了，不過下次你要抽我的。

✿ タバコを吸うと、リラックスできます。
吸菸會讓人覺得放鬆。

✿ タバコを灰皿で消してください。
請把香菸在菸灰缸裡按熄。

✿ 吸殻をかってに捨てないほうがいいです。

最好不要隨地亂扔菸蒂。

★ タバコのにおいがだめです 。／苦手<ruby>苦手<rt>にがて</rt></ruby>です 。
我對菸味過敏。

★ ありがとうございます 。いま、吸<ruby>吸<rt>す</rt></ruby>ったばかりです 。
不，謝謝。我剛抽完菸。

★ はい 、一本<ruby>一本<rt>いっぽん</rt></ruby>いただきます 。
好的，我抽一支。

★ ありがとう 、咳<ruby>咳<rt>せき</rt></ruby>が出<ruby>出<rt>で</rt></ruby>るので、いらないです 。
不，謝謝。我有點咳嗽。

★ いいえ、ありがとう 。のどがはれているので…
不，謝謝。我喉嚨發炎了。

★ いま、禁煙<ruby>禁煙<rt>きんえん</rt></ruby>です 。
我正在戒菸。

★ ありがとうございます 。もうやめました 。
謝謝，我已經戒菸了。

★ いいです 。いま吸<ruby>吸<rt>す</rt></ruby>いたくないです 。
謝謝。我現在不想抽。

談論電視節目

・詢問時常用語

 舉一反三

★ 今晩どんな番組があるか、知ってます？

你知道今晚有什麼電視節目嗎？

★ いま、どんな番組を放送しましたか？

剛才在播什麼節目？

★ ふだんどんな番組を見るんですか？

你通常都看什麼電視節目？

★ 今晩チャンネル6は何を放送していますか？

今晚第六頻道播放什麼節目？

★ 今晩何を見たいですか？

今晚你想看什麼節目？

★ 今晩どんな番組がありますか？

今晚有什麼電視節目？

★ 夕べテレビを見ましたか？

你昨晚看電視了嗎？

★ 今晩サッカーの試合があるのを知ってますか？

今晚有場球賽你知道嗎？

★ オリンピック中継放送するのは何チャンネルですか？

哪個頻道轉播奧運實況？

★ 今日の放送予定を知っていますか？

你知道今天的電視節目預告嗎？

★ 天気予報の後はどんな番組ですか？

天氣預報之後是什麼節目？

★ このテレビドラマはどう思いますか？

你覺得這個電視劇怎麼樣？

★ あのテレビドラマの題名は何ですか？

那個電視連續劇叫什麼？

★ 一番すきな番組は何ですか？

你最喜歡看什麼電視節目？

★ ちょっとチャンネルを変えてもいいですか？

我們換別的頻道好嗎？

★ ほかの番組を見てもいいですか？

我們看看別的節目好嗎？

✦ あの番組はいつ放送しますか？

那個節目什麼時候播？

● 回答時常用語

🎵 舉一反三

✦ コマーシャルが多すぎて、見たくないです。

電視廣告太多了，我不想看。

✦ CMが多いですね。

電視裡的商業廣告真多呀。

✦ コマーシャルは本当にいやです。

電視裡的廣告真是討厭。

✦ テレビドラマはいつも人の興味をかき立てる。

連續劇總是吊人胃口。

✦ ほとんどの番組に興味がないです。

大多數節目都不合我的胃口。

✦ 陸上競技の番組がすきです。

我喜歡看田徑賽。

✦ アメリカのテレビドラマがすき。

我很喜歡看美國的電視連續劇。

★ニュースとスポーツの番組がすき 。
我很喜歡體育節目和新聞節目。

★夜8時 、チャンネル4のクイズ番組が好き 。
我喜歡看晚上8點第四頻道問答競賽節目。

★サッカーの試合を見るのが好きです 。
我喜歡看足球賽。

★この番組はあまりよくないと思います 。
我覺得這個節目不怎麼樣。

★このニュース番組はよくないと思います 。
我覺得這個新聞節目不怎麼樣。

★このテレビドラマはよくないと思います 。
我覺得這個電視連續劇不怎麼樣。

★この番組は中継放送であるかどうか知らない
です 。
不知道這是不是實況轉播節目。

★チャンネル3でサッカーの試合がありますの
で 、みたいです 。
第三頻道有足球賽，我很想看。

★チャンネル8でファッションショーがありま
すので 、みたいです 。

第八頻道有時裝表演，我真的很想看呢！

 談論運動

- 詢問時常用語

 舉一反三

★ スポーツがすきなんですか？
　你喜歡運動嗎？

★ どんなスポーツが好きですか？
　你喜歡哪種運動？

★ ジョギングが好きですか？
　你喜歡跑步嗎？

★ スケートが好きですか？
　你喜歡溜冰嗎？

★ 野球（やきゅう）が好きですか？
　你喜歡打棒球嗎？

★ どんなスポーツがすきですか？サッカー、バスケットボール、それとも野球（やきゅう）？
　你喜歡什麼運動，足球、籃球還是棒球？

245

★ 走り幅跳びが好きですか？

你喜歡跳高嗎？

★ どのぐらい飛べますか？

你能跳多高？

★ 陸上競技が好きですか？

你喜歡田徑運動嗎？

★ 百メートル走は何秒かかりますか？

你百米跑幾秒？

★ 百メートル走が好きですか？

你喜歡百米短跑嗎？

★ 劉さんは110メートルハードル走の試合で優勝する見込みです。

小劉很有希望在110公尺跨欄賽跑中獲勝。

・回答時常用語

🎵 舉一反三

★ 私はよくテニスをします。

我經常打網球。

★ バスケットボールをするのが好きです。

我喜歡打籃球。

小さい頃いつもスケートをしていました。

我小時候常常溜冰。

ジョギングがすきです。

我喜歡慢跑。

サッカーの試合を見るのがすきです。

我喜歡看足球比賽。

ずっとスポーツをしています。

我一直在運動。

体を鍛えるのが大切です。

鍛鍊身體是很重要的。

私はエース選手です。

我是種子選手。

私は400メートル走で前回の記録を更新しました。

我在 400 公尺賽跑中刷新記錄了。

今私の状態はベストです。

我現在處在最佳狀態。

走った後でも元気があります。

我跑完以後仍然精力充沛。

私の顔色がよく見えるのは毎日鍛えているからです。

我看上去氣色不錯，是因為我每天都鍛練身體。

 5.約會、邀請

 提出邀請

 舉一反三

会いたいのですが。

我想見你。

予定は大丈夫ですか？

你時間上方便嗎？

ご都合はいかがですか？

你可以和我約個時間見面嗎？

今晩、予定はなかったですか？

今天晚上你有時間嗎？

週末は何をする予定ですか？

週末你打算做什麼？

★ 週末に用事がありますか？

這個週末你有事嗎？

★ 週末に会いに行ってもいいですか？

我這個週末去看你可以嗎？

★ 日曜日はいかがですか？

這個星期天可以嗎？

★ 火曜日の夜何をするつもりですか？

你星期二晚上準備做點什麼？

★ 来週の日曜日は何の予定ですか？

你下週日有什麼計畫？

★ 来週の月曜日は大丈夫ですか？

下星期一你有時間嗎？

★ この時間帯はご都合はよろしいですか？

這個時間對你合適嗎？

★ 日曜日はいいですか？

星期天好嗎？

★ 7時は大丈夫ですか？

我們7點見行嗎？

★ 金曜日にしたらよろしいですか？

定在星期五可以嗎？

★ 土曜日はどうですか？

星期六你方便嗎？

★ 今晩にしたらいかがですか？

定在今晚怎麼樣？

★ 来週の月曜日はいいですか？

定在下週一如何？

★ 来週の月曜日にしましょう。

就定在下週一吧。

★ 水曜日はあいていますか？

你星期三有空嗎？

★ 今晩一緒に食事はいかがですか？

一起吃晚飯好嗎？

★ 今晩一緒にクラブに行かないですか？

今晚一起去跳舞吧？

★ 明日、フランス料理を一緒に食べに行きませんか？

明天我們一起去吃法國料理吧。

❊ 今週の日曜日、一緒にバーベキューに行きませんか？

這個星期天要不要一起去烤肉？

❊ 何時私たちのバーベキューにこれますか？

你什麼時候能來參加我們的戶外烤肉？

❊ 今晩いっぱいどうですか？

今晚去喝一杯怎麼樣？

❊ 今晩飲みに行かないですか？

今晚去喝酒怎麼樣？

❊ 今日一緒に昼ご飯はどうですか？

今天一起吃午飯好嗎？

❊ 今晩時間があれば、一緒にご飯に行きましょう。

今晚有空一起吃飯嗎？

❊ もしよろしければ、一緒にお食事はいかがですか？

如果你不忙，就留下來吃飯吧。

❊ ぜひ一緒に昼ご飯をしてください。

你一定得和我們一起吃午飯。

❊ もし用事がなければ、家でご飯を食べていか

ないですか？
如果你沒事的話，在我家吃個便飯吧。

★ 一緒に夜ご飯はどうですか？
你願意今晚與我們共進晚餐嗎？

★ 一緒に行かないですか？
跟我們一起去好嗎？

★ あした、一緒に夕飯をしましょう。
明天跟我們共進晚餐吧。

★ あさって、映画を見に行きませんか？
後天去看電影怎麼樣？

★ 今晩これますか？
今晚你能不能來？

★ 今週の土曜日に私たちのダンスパーティにこれますか？
你這個星期六來參加我們的舞會嗎？

★ 私たちのダンスパーティに来ていただきますか？
你願意參加我們的舞會嗎？

★ 今晩、コンサートに行かないですか？
你今晚想不想去聽音樂會？

★ 私たちの結婚式にご出席していただけますか？

你願意來參加我們的婚禮嗎？

★ 一緒に釣りに行かないですか？

我們一起去釣魚好嗎？

★ 日曜日はあいていますか？一緒にテニスをしませんか？

這個星期天你有空嗎？一起打個網球好不好？

★ 久しぶりに集まらないですか？

我們聚一聚怎麼樣？

★ 週末友達が集まる予定ですので、ぜひ来てね。

週末我們幾個朋友聚一聚，你一定要來喲。

★ 散歩に行かないですか？

出去散散步怎麼樣？

★ 公園に一緒に行きましょう。

我們一起到公園去走走吧。

★ 今晩一緒にクラブにいきたいですけど、時間はありますか？

我想約你今晚和我去跳舞，你有時間嗎？

★ ご出席いただければ、誠に光栄です。
如蒙光臨,不勝榮幸。

★ 今から、家に来ない?
你現在願意來我家嗎?

★ コンサートに行きましょう。
一起去聽音樂會吧。

★ 一緒にバーに行かないですか?
我們一起到酒吧去怎麼樣?

★ ファッションショーに一緒に行かないですか?
我們一起去看時裝表演吧。

★ ハイキングに一緒に行きませんか?
我們一起去健行好嗎?

答應赴約

舉一反三

★ お招きいただき、ありがとうございます。
非常感謝您的邀請。

★ みんなと集_{あつ}まるのがうれしいです。

能和大家聚會我很高興。

★ みんなに会_あいたいです。

我想和你們聚一聚。

★ ありがとうございます。これは本当_{ほんとう}にいいチャンスです。

謝謝你的邀請。這對我們的確是個好機會。

★ はい、伺_{うかが}います。

是的，我去拜訪您。

★ もちろんです。

當然可以。

★ ありがとうございます。誘_{さそ}ってくださって、光栄_{こうえい}です。

謝謝。承蒙邀請，榮幸之至。

★ どうも、誘_{さそ}ってくれて、うれしいです。

謝謝你的邀請，我很高興。

★ 行_いきます。

我願意去。

★ うれしいです。

我很高興赴約。

★よく気が利きますね。

你想得真周到。

★結婚式に招いていただいて、本当にうれしいです。

非常高興參加你們的婚禮。

★やさしいです。

你人真好。

★すばらしいです。

棒極了。

★きっとおもしろいです。

那一定很有意思。

★一緒にいくことができて、うれしいです。

很高興能和大家一起去。

★必ず行きます。

我一定去。

★楽しみにしています。

我期待著。

★最高です。

再好不過了。

好きです。

我很喜歡。

ぜんぜん忙しくないです。行きます。

我一點也不忙，我去。

時間があいていますので、お伺いします。

我有時間，我去拜訪您。

水曜日なら、時間があります。

星期三的話我有時間。

週末は用事がないです。

週末我沒事。

行くよ。

我很願意去。

いいです。今週の金曜日の夜はあいています。

可以。我這個星期五晚上有時間。

私は時間があります。何かご用件がありますか？

我有時間。你有什麼事嗎？

いいよ。何時ですか？

好呀。什麼時間？

★ 私もそう思います。一緒です。

我也是這麼想的。我們想的一樣。

★ はい、時間どおりに行きます。

好的，我會準時到。

★ 私が考えたのと同じです。

和我想的一樣。

★ 今週の日曜日はとくに予定がないです。

我禮拜天沒什麼安排。

★ 週末に用事はないですが、何かご用件があり
ますか？

我週末沒什麼事，有什麼事嗎？

★ いいですよ。いつ、どこですか？

十分願意。什麼時候？在哪兒？

★ おもしろそうです。楽しみにしています。

聽起來很有趣，我期待著。

★ そのとき必ず行きます。

到時我一定去。

★ 日曜以外なら、何時でもいいです。

只要不是星期天，什麼時間都可以。

生活、工作

✿ いいアイディアです。
真是個好主意。

✿ グッドアイディアです。場所（ばしょ）はどこですか？
這個主意不錯。地點在哪兒？

✿ 私（わたし）は特（とく）に用事（ようじ）がないですが、六時（ろくじ）にお伺（うかが）いします。
我沒什麼事，我六點到。

✿ お越（こ）しいただいて、光栄（こうえい）です。
您能光臨，我們感到榮幸之至。

✿ お話（はなし）ができて、光栄（こうえい）です。
能和您聊天，真是我的榮幸。

✿ すごい。
太好了。

✿ そこまで言（い）うなら、行（い）きます。
話都說成這樣，我只好去了。

✿ もし迷惑（めいわく）じゃなければ、行（い）きます。
如果不太麻煩的話，我去。

謝絕赴約

🎸 舉一反三

⭐ 今夜はあいていないですけど、あしたなら行けます。

我今晚忙，但是明晚可以。

⭐ ちょっと遅くなってもいいですか？

再晚一點行不行？

⭐ 行きたいですが…

我想去，但是……

⭐ 今週はぜんぶ予定が入っています。

這個星期我的行程都排滿了。

⭐ すみません、来週まではあいていませんが。

對不起，下週以前我沒時間。

⭐ すみません、来月まで帰りません。

對不起，我下個月才能回來。

⭐ 金曜日は時間がないです。日曜日はどうですか？

我星期五沒時間，星期天行不行？

生活、工作

★ すみません、月曜日まであいていません。

對不起，星期一以前我都有約了。

★ すみませんが、予定が入っています。

對不起，我已有其他計畫了。

★ 私は行けなくなるかも知れません。

我恐怕不能去了。

★ 今週の日曜日の約束を来週の日曜日にしたいですが。

我想把這個週日的約會改到下週日。

★ 月曜日の約束を木曜日にしたいのですが。

我想把星期一的約會改到星期四。

★ 約束を来週の金曜日にしたいのですが。

我希望能把約會延到下個星期五。

★ 約束の時間を伸ばしたいのですが。

我想延後約會。

★ 急に用事ができたので、約束の時間を変更したいのですが。

因為有點急事，我想把原訂的約會改個時間。

★ 10時半の約束は予定通りに行けなくなるんですが、11 時半は大丈夫です。

10點半的約會我不能準時到，11點半我沒問題。

★ あしたは忙しいです。しあさってはいかがですか？

我明天很忙，大後天行嗎？

★ 今夜は行きたくないです。

我今晚不想去。

★ 行きたいですが、休日出勤です。

我很想去，但那天我值班。

★ 行かないほうがいいと思います。

我想還是不去了。

★ 行きたいですが、無理です。ありがとうございます。

我很想去，但不行。謝謝你。

★ 行きたいですが、他の予定がありますから。

我想去，但我有別的事。

★ もうスケジュールが埋まっていますので、変更できません。

我早做好安排了，現在不能改了。

★ 他の用事があります。

我有點別的事。

★ありがとうございます。でもいけません。
謝謝你的邀請，但我恐怕不能去。

★ありがとうございます。でも少し疲れています。
謝謝你邀請我，不過我有點累了。

★私が行けないことを気にしないでください。やらなければならないことがいっぱいありますから。
請別介意我不能去，因為我手頭有許多事要做。

★もし早く教えていただければ、スケジュールを変更できますが。
如果你早點告訴我，也許我能改變計畫。

★あいにくですが、その日会議があります。
不湊巧，那天我得出席一個會議。

★すみません、約束があります。
對不起，我已經有約了。

★2時の約束を3時に変更できますか？
我能把約會時間從2點改到3點嗎？

★日曜日の約束を次の日曜日に変更していただけますか？

我是否能把星期天的約會延到下個星期天？

★ 約束の時間を土曜日に変更していいですか？
能不能把我們的約會改為星期六？

★ 他の時間はあいていますか？
其他時間你方便嗎？

★ 約束の時間を来週の月曜日にしてよろしいですか？
我們把約會定在下個星期一好嗎？

★ もう少し遅くしてくださいませんか？
再晚一點行不行？

★ ほかの時間に変更していただけませんか？
可以改別的時間嗎？

★ 来週でしたら、都合がいいです。
如果改到下星期就方便多了。

★ なぜ日にちを変更しないのですか。例えば、金曜日にしたら、いかがですか？
為什麼不改個時間，比如說下星期五，怎麼樣？

★ 日曜日は時間があいていません。もしほかの日だったら、あいていますが。
星期天恐怕不行。如果是其他時間的話我有空。

★時間がないです。すみません。

我沒有時間，對不起。

★すみません、用事があります。

對不起，我有事。

★すみません、忙しいです。

對不起，我很忙。

★すみません、私は週末出勤です。

對不起，我禮拜六值班。

★すみません、水曜日はだめです。

對不起，星期三不行。

★すみません、週末は日本に訪問する予定です。

不行，我們準備這個週末去日本訪問。

★今晩はだめです。会議がありますので。

今晚不行。我有個會議。

★すみません。金曜日の夜はほかの約束があります。

不好意思。週五晚上我已經有別的約會了。

★いま用事がありますので、しあさってなら大丈夫です。

我現在手頭有點事，我想大後天沒問題。

★ 約束の時間を変更したいのですが、ご都合は
いかがですか？

改個約會時間不知是否方便。

★ 申し訳ございません。最近私は忙しいですので、もし時間があればお電話を差し上げます。

很抱歉。我最近比較忙，等我有時間再打電話給
您。

★ すみません。その日は出張する予定です。

對不起，那天我出差。

★ ごめんなさい。土曜日は都合が悪いです。

對不起，星期六我覺得不太方便。

★ すみません、今週の月曜日はほかの用事があ
りますので。

對不起，這個星期一我另有約會。

★ 申し訳ございません。金曜日はお伺いできま
せん。ほかの時間はいかがでしょうか？

對不起，星期五我不能拜訪您了。換個時間好
嗎？

🌟 来週はだめです。ほかの時間はどうですか？

下週不行，換個時間怎麼樣？

🌟 すみませんが、どうして早く教えてくれない
のですか？

對不起，你怎麼不早點告訴我呢？

🌟 土曜日はちょっと難しいかもしれません。

星期六恐怕有些困難。

🌟 明日はたぶんだめかもしれません。

明天很可能不行。

🌟 来週は出張する予定です。再来週なら用
事がないので、どうですか？

我下週出差，下下週我沒事，那時怎麼樣？

6.旅行

 搭飛機

生活、工作

• 服務員常用語

 舉一反三

☆ 禁煙席（きんえんせき）ですか？
您要禁煙席嗎？

☆ ファースト・クラスですか？それともエコノミー・クラスですか？
是頭等艙還是經濟艙？

☆ 何時（いつ）のものがよろしいですか？
您要什麼時間的票？

☆ 片道（かたみち）ですか？往復（おうふく）ですか？
要單程的，還是來回的？

☆ すみません。チケットは全部（ぜんぶ）予約（よやく）されてしまいました。

268

對不起，您要的票已經被訂光了。

明日のは予約できますが。

您可以訂明天的票。

今チケットを取り替えますか？

您現在取票嗎？

どこの空港会社の飛行機になさいますか？

您想搭乘哪家航空公司的飛機？

はい、これはお客様のチケットでございます。

這是您的機票。

手続きはもう終わりました。

手續已經辦妥了。

216　便は15分遅刻することになっています。

216班機將延後15分鐘。

搭乗の手続きを急いでなさってください。

您趕快去辦理登機手續。

搭乗のゲートは八番でございます。

您的航班在8號門登機。

★ 重さを超えた荷物は一キログラムあたり七ドルの追加料金でございます。

超重行李費是每公斤 7 美元。

★ これは搭乗カードです。

這是您的登機證。

★ お荷物を託送しなければなりません。

您的行李必須托運。

★ 御用がありましたら、呼び鈴をお押しになさってください。

有事請按這個呼叫鈴。

★ シートベルトをおしめになってください。

請繫好安全帶。

• 乗客常用語

🪕 **舉一反三**

★ ロンドンへのチケットを2枚お願いします。

我想訂兩張去倫敦的機票。

★ ポストンへの直通便はありますか？

飛往波士頓的都是直飛班機嗎？

★ 途中大連で休むことができますか？

我可以在大連中途停留嗎？

<ruby>来週<rt>らいしゅう</rt></ruby>の<ruby>月曜日<rt>げつようび</rt></ruby>に<ruby>上海<rt>しゃんはい</rt></ruby>への<ruby>飛行機<rt>ひこうき</rt></ruby>はありますか？

下星期一有飛往上海的飛機嗎？

ニューヨークで<ruby>乗<rt>の</rt></ruby>り<ruby>換<rt>か</rt></ruby>える<ruby>必要<rt>ひつよう</rt></ruby>がありますか？

我必須在紐約換機嗎？

チケットはいくらですか？

機票多少錢？

<ruby>往復<rt>おうふく</rt></ruby>のチケットはいくらですか？

買一張來回機票要多少錢？

<ruby>夜<rt>よる</rt></ruby>のセカンド・クラスをお<ruby>願<rt>ねが</rt></ruby>いします。

我想買一張夜間的二等艙機票。

<ruby>午前<rt>ごぜん</rt></ruby>の<ruby>飛行機<rt>ひこうき</rt></ruby>に<ruby>乗<rt>の</rt></ruby>りたいんですが。

我想坐上午的班機。

<ruby>夜<rt>よる</rt></ruby>の<ruby>飛行機<rt>ひこうき</rt></ruby>にしたいんですが。

我想坐夜間的班機。

オープン<ruby>席<rt>せき</rt></ruby>のエコノミー・クラスのチケットをお<ruby>願<rt>ねが</rt></ruby>いします。

我要一張不定期的經濟艙機票。

★ 大阪からニューヨークまでどのぐらいかかりますか？

從大阪到紐約要飛多久的時間？

★ いつロンドンに着きますか？

什麼時候抵達倫敦？

★ ここからロンドンまでの航空便は毎週何回ありますか？

從這裡到倫敦每週有幾次航班？

★ 予約したチケットをもう一回確認したいんですが。

我想再確認一下我預訂的機票。

★ どのぐらいの重さの荷物を持っていけますか？

我可以帶多重的隨身行李？

★ 荷物の重さはどのぐらいまで大丈夫ですか？

行李的重量限制是多少？

★ 何時に搭乗手続きをするべきですか？

我應該什麼時候去辦登機手續？

★ どこで搭乗しますか？

我在哪兒登機？

★ 通路側の席をお願いします。

我想要靠走道的座位。

★ 十二番の搭乗口はどこですか？

請問 12 號登機門怎麼走？

★ 何時に搭乗できますか？

什麼時候可以上飛機？

★ 飛行機はいつ出発できますか？

飛機什麼時候起飛？

★ 機内食はありますか？

班機上有沒有餐點？

★ どうすればシートを調整できますか？

要怎麼調整我的座位呢？

★ シートベルトの閉め方を教えてもらえますか？

您能告訴我怎麼繫安全帶嗎？

★ 飛行機酔いに効く薬をもらえませんか？

你可以給我一些暈機藥嗎？

★ 耳の具合が悪いです。

我覺得耳朵有點不舒服。

搭火車

- 服務員常用語

普通三日間前から発売します。

我們一般都提前 3 天售票。

ここからそこまでは直通の列車はございません。

從這裡到那裡沒有直達車。

途中で乗り換える必要があります。

您必須中途換車。

切符は三日間以内有効です。

車票 3 天內都有效。

子供の切符は半額でございます。

兒童的車票半價。

お乗りになった後で精算することができます。

可以在車上補票。

××にいらっしゃるなら、名古屋で乗り換え

る必要があります。

您必須在名古屋轉乘開往××的火車。

✿ ぜひ乗り遅れないようにお願いします。

注意別誤了火車。

✿ 7時10分に到着する予定です。

預定 7 點 10 分進站。

✿ 三十分遅れる見込みです。

火車誤點半小時。

✿ 往復でしたら、割引できますが。

如果您買來回票，可以打折。

● 乗客常用語

🎸 舉一反三

✿ 東京への寝台車一枚お願いします。

我訂一張開往東京的臥鋪。

✿ 福岡から京都まで直通の電車がありますか?

從福岡到京都有直達車嗎?

✿ 直通ですか?或いは乗り換える必要があります

か?

可以直達嗎?還是必須換車?

★ この列車は福岡行きですか？

這輛列車是開往福岡的嗎？

★ 鹿児島までいくらですか？

去鹿兒島的火車票要多少錢？

★ 福岡からの新幹線は何時につきますか？

福岡來的新幹線幾點到站？

★ 何時に出発しますか？

什麼時候發車？

★ 禁煙席はいくらですか？

禁菸席的票多少錢一張？

★ 窓側の席をお願いします。

請訂一張靠窗的座位。

★ どこで駅の入場券をかえますか？

我在哪裡可以買到月臺票？

★ この席はあいていますか？

這個座位空著嗎？

★ すみません、次の上海への列車は何番ですか？

請問下一班開往上海的是幾號列車？

★ すみません、どれが上海行きですか？

請問，哪個是開往上海的？

★ 今日の新潟への片道二枚お願いします。

買兩張今天去新潟的單程票。

★ 次の電車は何時に出発する予定ですか？

下一班電車幾點離站？

★ どこのプラットホームで待つのですか？

請問在哪個月臺等車？

 搭公車

● 司機常用語

 舉一反三

★ ××へ行くお客様、ここで降りてください。

去××的乘客，請在此下車。

★ 乗り間違えています。

您坐錯車了。

★ 定期券を出してください。

請出示一下月票。

★お呼びいたしますので、ご心配なく。

請放心,到站我會叫您。

★まだ駅につきませんので、そんなに焦らない
でください。

不用著急,還沒到站呢。

★また二駅あります。

再兩站就到了。

★乗り換える必要はないです。

您不用換車。

★バスは5分くらいごとに発車します。

這巴士大約每5分鐘一輛。

• 乘客常用語

🪕 舉一反三

★駅行きのですか?

有去火車站嗎?

★このバスは動物園まで行きますか?

這巴士去動物園嗎?

★博多駅に行きたいのですが、このバスでいけ
ますか?

我可以搭這輛巴士去博多車站嗎？

★ このバスは中山広場を通りますか？

這巴士經過中山廣場嗎？

★ ××駅につきましたら、教えていただけませんか？

到達××車站請告訴我好嗎？

★ ××駅まではまだ何駅ありますか？

請問到××車站還有幾站？

★ ××駅はここで降りますか？

去××車站是在這裡下車嗎？

★ 空港行きの最初のバスは何時ですか？

去機場的頭班巴士是幾點？

★ 乗り換える必要がありますか？

我必須換車嗎？

★ 五番線のバスは何分ごとに来ますか？

五號公車多久一班？

★ 五番線のバス停はどこですか？

五號公車的站牌在哪兒？

★ この近くにはバス停がありますか？

附近有公車站牌嗎？

★ このバスは美術館でとまりますか？
<ruby>美術館<rt>びじゅつかん</rt></ruby>

這巴士有在美術館停嗎？

搭計程車

・司機常用語

 舉一反三

★ どこへいらっしゃいますか？

請問您去哪兒？

★ 自動ドアですので、閉める必要はございません。
<ruby>自動<rt>じどう</rt></ruby> <ruby>閉<rt>し</rt></ruby> <ruby>必要<rt>ひつよう</rt></ruby>

這是自動門，所以您不必關。

★ どこで降りたいですか？
<ruby>降<rt>お</rt></ruby>

你想在哪兒下車？

★ ここでとまっていいですか？

在這裡停車行嗎？

★ すみません、ここは駐車禁止です。
<ruby>駐車禁止<rt>ちゅうしゃきんし</rt></ruby>

對不起，這裡不可以停車。

★ すみません、左に曲がるのができません。

對不起，這裡不能左轉。

★ とまる所を探さなければなりません。

我必須找一個停車位。

★ 手前には駐車場があります。

前面有一個停車場。

★ 前は駐車禁止の看板があります。

前面有一個「禁止停車」的指示牌。

★ 交通違反はできませんよ。

我不能違反交通規則啊！

★ 追い抜くなんて危ないですよ。

不能超車，太危險。

★ この道はよく分かります。

這路我很熟。

★ ご心配なく。間に合います。

別擔心。我能趕到。

★ もし交通渋滞しなければ、間に合います。

如果不塞車，就能準時趕到。

• 乘客常用語

🪕 舉一反三

★空港まで送ってください。
請送我去機場。

★このところまで送ってください。
請送我到這個地址。

★ここでいいです、自分で渡ります。
在這兒停車就行，我自己走過去。

★ここでちょっと待ってもらえますか？
能在這兒稍等我一下嗎？

★時間どおりに行けますか？／間に合いますか？
你能及時趕到嗎？

★ここでおります。
我就在這兒下車。

★もうちょっと前でおろしてください。
再往前一點就讓我下車。

★ここにちょっととめてもらえますか？
請在這裡停車好嗎？

★はい、おつりはもういらないです。
這是車資，不用找錢了。

★はい。おつりはもういいです。
給您。零錢不用找了。

 7.秘書工作

 接待訪客

 舉一反三

★お元気ですか？
您好嗎？

★何かお手伝いしましょうか？
我能幫助您嗎？

★名刺をいただけませんか？
能給我您的名片嗎？

★失礼ですが、どなたさまでしょうか？
抱歉，請問您是哪位？

★すみません、どちらさまでしょうか？
對不起，您是哪一位？

★お会いできて、うれしいです。
很高興能見到您。

★お約束でございますか？
您有預約嗎？

★アポイントはお取りになりましたか？
您事先約好了嗎？

★どのような御用ですか？
您有何貴幹？

★田中課長は事務室でお待ちしております。
田中科長正在辦公室等您。

★中島は待っておりますので、お出でになった
ことをお伝えいたします。
中島正在等您，我告訴他您來了。

★事務室にご案内いたしますので、どうぞ、こ
ちらへ。
我帶您去辦公室。請跟我來。

★ただいま席をはずしておりますが……
他剛好不在座位上。

★申し訳ございません。村上は会議中です。

很抱歉，村上正在開會。

★いますぐ呼んでまいりますので、少々お待ちください。

我現在就去叫，請稍等。

★お待たせいたしました。

讓您久等了。

★そちらにお掛けになって、少々お待ちください。

請您在那兒坐著等一會兒好嗎？

★日を改めてお出でになっていただけませんか？

請您改天再來好嗎？

★ただいま参りますので、少々お待ちください。

他馬上就到，請稍候。

★ただいま席を外しておりますので、少々お待ちくださいませんか？

他正好不在座位上，您能稍等一會兒嗎？

★ご用件を伺わせていただけませんか？

能告訴我，您見他有什麼事嗎？

接電話

舉一反三

★ 山田さんはいらっしゃいますか？
山田先生在嗎？

★ 電話番号を教えていただけませんか？
能告訴我您的電話嗎？

★ 必ずお伝えいたします。
我一定會轉告他的。

★ はい、山口銀行でございます。
您好。山口銀行。

★ お電話が遠いようですので、恐れ入りますが、もう一度お願いいたします。
電話聽不清，很抱歉請再說一次。

★ はあ？今何とおっしゃいましたか？
啊？剛才您說什麼？

★ 失礼ですが、どちら様でしょうか？

對不起，請問您是哪位？

★ 岡村ですね。すぐ呼んでまいります。
您找岡村嗎？我馬上叫他。

★ 三井という者はおりませんが。
這兒沒有三井這個人。

★ 申し訳ございませんが、電話番号を間違えました。
抱歉，您撥錯號碼了。

★ ちょっとお待ちください。
請稍等。

★ 少々お待ちください。
請稍等。

★ 今日営業部の伊藤は休んでおります。
今天業務部的伊藤休假。

★ すみませんが、山下はいま出張に行っております。
很抱歉，山下出差了。

★ 本社に転勤になりました。
他已經被調到總公司去了。

★ 何かメッセージがおありでしょうか？

您需要留言嗎？

★ 何か御用でしょうか？

請問什麼事？

★ 何かお伝えすることがありますでしょうか？

有什麼需要我轉告的嗎？

★ 電話番号をお教えいただけませんでしょうか？

能告訴我您的電話號碼嗎？

★ 戻りましたら、お電話差し上げましょうか？

他回來後，再給您打電話好嗎？

★ 戻りましたら、お伝えいたします。

他一回來我就告訴他。

 打電話

🪕 舉一反三

★ はい、前田です。

我是前田。

★ はい、太平洋精工の前田です。

我是太平洋精工的前田。

★ 佐藤さんをお願いいたします。

請找伊藤接電話。

★ 林と申しますが、劉さんを呼んでいただけますか？

我姓林，能不能叫一下劉先生？

★ 112をお願いいたします。

請接分機 112。

★ 営業一課の勝村さんにつないでいただきたいんですが。

請接營業一課的勝村。

★ 勝村さんですか？

是勝村先生嗎？

★ コレクトコールでワシントンへお願いします。

我想打對方付費的電話到華盛頓。

★ 伊藤さんはいらっしゃいますか？

伊藤小姐在家嗎？

★ 失礼しました。番号を掛け間違えたようで

す。
對不起，我一定是打錯電話了。

★ いつお帰りになりますか？
他什麼時候回來？

★ お帰りの時間を教えていただけませんか？
您能告訴我他什麼時候回來嗎？

★ 伝言してもらえませんか？
能幫我捎個口信嗎？

★ 申し訳ございませんが、吉田は今日の午後
行けなくなりましたので、お電話いたしま
した。
我打電話是想說非常抱歉，吉田今天下午不能赴
約了。

★ 中村さんにちょっと用事があるので、電話し
てくださいとお伝えいただけませんか？
請轉告中村先生，說有點事，請他回我個電話。

★ 王という者から電話があったことをお伝えく
ださい。
請轉告他一位姓王的來過電話。

★ 午後またお電話をいたしますと伝えてくださ

い。
請告訴他我下午再打電話。

★明日の午後大事な会議があるとお伝えください。／明日の午後重要な会議があるとお伝えいただけませんか？
請告訴他明天下午有個重要會議。

★これは社外秘となっています。
這是商業機密。

★これは機密事項となっています。
這是機密。

★ノーコメント。
恕不奉告。

收發傳真

舉一反三

★このファックスは動かなくなりました。／このファックスは故障しています。
這個傳真機出了問題。

★この機械がきかないです。

這機器操作失靈。

★ もう<ruby>一回<rt>いっかい</rt></ruby>ファックスいたします。

我再傳一次給您。

★ <ruby>田中<rt>たなか</rt></ruby>さん、あなたへのファックスがあります。

田中，有你的傳真。

★ <ruby>向<rt>む</rt></ruby>こうからのファックスが<ruby>届<rt>とど</rt></ruby>いたとファックスしてください。

發傳真告訴對方說他們的傳真已經收到了。

★ <ruby>張<rt>ちょう</rt></ruby>さんにファックスしてください。

請給張先生發個傳真。

★ このファックスと<ruby>契約書<rt>けいやくしょ</rt></ruby>を<ruby>王<rt>おう</rt></ruby>さんにファックスしていただけませんか？

請將這份傳真連同這份合約一起發給王先生，好嗎？

★ <ruby>先方<rt>せんぼう</rt></ruby>のファックスが<ruby>受信<rt>じゅしん</rt></ruby>しません。

對方的傳真機沒有信號。

★ ファックスの<ruby>字<rt>じ</rt></ruby>が<ruby>薄<rt>うす</rt></ruby>くてはっきり<ruby>見<rt>み</rt></ruby>えません。

傳真模糊不清。

★ 修理中です。／修理してもらっています。

傳真機正在修理。

★ 修理に来るように頼んであります。

我已經叫人來修理了。

★ もう一回ファックスしてください。

請再發一次傳真。

★ 5分後にファックスを送ってくださいと電話します。

我會打電話通知他們 5 分鐘之後再傳真過來。

★ 何枚か抜けています。

少了幾頁。

★ 松下のファックスは来ましたか？

松下公司的傳真到了嗎？

★ はい、2分前にきました。

傳真 2 分鐘前剛到。

★ いいえ、まだ来ていません。

還沒有傳過來。

★ 他のファックスがあるかどうかちょっと確認します。

我看看有沒有其他的傳真。

文字處理

舉一反三

★ 今すぐいたします。
我馬上就做。

★ 分かりました。他には？
我知道了。還有其他事嗎？

★ このプリンターを見てくれますか？
能幫我看看這台影印機嗎？

★ コンピューターに接続しましたか？
跟電腦連接好了沒？

★ プラグをコンセントに挿していないんじゃないですか？
是不是忘了插插頭了？

★ レポートはできましたか？
報告打完了沒有？

★ これを会社の便箋にタイプするといいです。
你最好把它打在公司的信箋上。

生活、工作

294

✹すぐ直_{なお}します。
我馬上修改。

✹この文書_{ぶんしょ}を至急入力_{しきゅうにゅうりょく}してください。
請儘快把這份文件打出來。

✹何時_{いつ}までにやればいいでしょうか？／何時_{いつ}までに仕上_{しあ}げればいいでしょうか？
您希望什麼時候完成？

影　印

✹ 舉一反三

✹これをコピーしてもらえますか？
請幫我影印一下好嗎？

✹どの（サイズの）用紙_{ようし}にしますか？
用哪種（大小的）影印紙呢？

✹B5_{ビーご}にしてください。
用 B5 的紙。

✹何枚_{なんまい}いりますか？
需要多少份？

★ 10分後にお渡しします。

10分鐘後我交給您。

★ この資料を至急 20部コピーしてください。

請儘快把這些資料影印 20份。

★ コピー機の使い方を教えていただけますか？

請教我使用影印機好嗎？

★ いいですよ、見ていてください。

好的，請看好。

★ 使い方が分かりましたか？

你現在知道怎麼用了嗎？

★ 三分の一に縮小してみてください。

縮小三分之一看看。

★ これはどうですか？

這張怎麼樣？

★ 二分の一に縮小してみてください。／半分に縮小してみてください。

把它縮小一半試試看。

★ コピーできます。

我會影印。

★これをコピーしようと思いました。

我正想要影印這份文件。

★紙が中に挟まって、機械が動かなくなりました。

紙卡住了，機器也不動了。

★紙がなくなりました。

沒紙了。

★紙を補充しましたか？

你裝紙了嗎？

★このコピー機はあまり調子がよくないんです。

這台影印機不太好用。

安排娛樂活動

🪕 舉一反三

★明日は特にご用件がございますか？

您明天有什麼特殊安排嗎？

★明日の午前はご都合はいかがですか？

您明天上午有空嗎？

★日光までお連れしたいのですが……
我想帶您去日光看看。

★一緒に映画を見に行きませんか？
和我們一起去看電影怎樣？

★明日街の観光に行きましょう。
明天我們去市區觀光一下吧。

安排會議

生活、工作

舉一反三

★会議はいつから始まるんですか？
會議什麼時候開始？

★会議は8時からですので、ミーティングルームの準備はもうできましたか？
8點開會，會議室你佈置好了嗎？

★ちょっと見せてください。あのう、これは間違えているんじゃないですか？
讓我看看，嗯，這個好像不對。

★何人参加しますか？
有多少人參加會議？

★ノートはどこに置いたらいいのですか？

把記事本放在什麼位置好呢？

★席ごとに一枚お願いします。

每個座位上放一張。

★お水などいりますか？

需要開水嗎？

★コーヒーを頼むつもりなんですけど。

我打算給他們叫咖啡。

★あした私たちはこの部屋で契約をしたいのですが、よろしいですか？

明天我們用這間會議室簽合約，可以嗎？

★時間どおりに参加します。

我準時參加。

★皆さん、よろしいですか？

大家請注意。

★この会議をご参加いただいて、ありがとうございます。

歡迎大家來參加這次會議。

★××さんのご指示で私は今回の司会者になっております。

受××之託，我來主持這次會議。

★ では次の発言者によろしくお願いします。

現在請下一位發言人。

★ 終わりましたか？

你的發言結束了嗎？

★ そろそろ時間になりますので……

時間不多了。

★ 他の人に発言をさせていただけますか？

您能讓其他人發言嗎？

★ 今日はここまで申し上げます。

今天我就說到此。

★ もし問題がなければ、今日の会議はここで
終わります。

如果你們沒有問題了，今天的會就開到這裡。

★ ××さん、あなたはこの件を担当してくださ
いますか？

××小姐（先生），你負責這件事好嗎？

• 會議開始時的表達方式

★ ご列席の皆様。

在座的女士先生。

★ 尊敬するご来賓の皆様。／関係各位。

尊敬的各位來賓。／各位先生。

• 會議開始時的常用句

★ ただいま始まります。／では、始めましょう。

讓我們開始……會議吧。

★ 今回の会議の目的は××です。

這次會議的目的是……

★ 今日午前の検討のテーマは××です。

今天上午我們要討論的是……

書　信

舉一反三

★ 早速ですが。

開門見山地跟您說……

★ 実はお願いがあるのですが。

我給您寫信，其實是有事要拜託您……

★お手紙ありがとうございます。
謝謝您的來信。

★お手紙をいただきました。
你的來信已經收悉。

★さっそくのお返事、ありがとうございました。
很快收到您的回信，我感到非常高興。

★お便りによって、××のことが分かりましたので、うれしいです。
很高興從您的來信中得知……

★お手紙で××と書いていらっしゃることを残念だと思います。
你的來信收悉，得知……，甚感遺憾。

★おたよりを拝見いたしました。
您的來信已經拜閱。

★お手紙、今日の朝すでにいただきました。
您的來信，我今天早晨已經收到了。

★日頃は大変お世話になっております。
平日一直承蒙關照。

★毎度格別のお引き立てを賜り、厚く御礼申し

上げます。

每次都承蒙您的關照，僅此表示衷心的感謝。

🌸 ご家族の皆さんへよろしくお伝えください。

請向您的家人轉達我的問候。

🌸 お返事お待ち申し上げております。

切盼早日回覆。

🌸 お返事いただければ幸せです。

如蒙回覆，我將不勝感激。

🌸 お手数ながらお返事をお願い申し上げます。

雖然很麻煩，但仍盼早日回覆。

🌸 スタッフのみなさんに衷心より祝福の意を
表す次第です。

向你們全體工作人員致以衷心的祝福。

🌸 ご協力、ありがとうございます。

謝謝您的協助。

4 面試應對篇

求職面試

說明學歷

• 雇主常用語

🔎 舉一反三

★ ご学歴（がくれき）を教（おし）えてくださいませんか？
　能請教你的學歷嗎？

★ 卒業（そつぎょう）したばかりと書（か）いてますが……
　這上面說你剛剛畢業。

★ どちらの大学（だいがく）を卒業（そつぎょう）しましたか？
　你是從哪個大學畢業的？

★ どちらの学校（がっこう）に通（かよ）っていたのですか？
　你上的是哪所學校？

★ 大学時代（だいがくじだい）の生活（せいかつ）について聞（き）かせてもらえますか？
　能談談你的大學生活嗎？

★ 大学時代の成績はどうでしたか？

你在大學時成績如何？

★ 一番得意な学科は何ですか？

你最擅長的是哪個學科？

★ 一番不得意な学科は何ですか？

最不擅長的學科是什麼？

★ 英検は何級ですか？

英語檢定你過了幾級了？

★ 他に何か勉強しましたか？

你還學過什麼？

★ 専攻は何ですか？

你主修什麼？

★ どんな講義に興味がありますか？

你喜歡什麼課？

★ 一番興味のない講義は何ですか？なぜですか？

你最不喜歡哪門課？為什麼？

★ どんなサークルに参加していましたか？

你曾經參加過哪些社團活動？

★きっと忙しかったでしょう。

那一定非常忙吧。

★一番誇りに思っていることを聞かせていただけませんか？

談一談你最有成就感的在校經歷好嗎？

★なぜこの大学を選びましたか？

你為什麼選擇這所大學？

★なぜこの専攻を選びましたか？

你為什麼選擇這個主修？

★また研究しつづけるつもりはありますか？

你是否打算繼續進修？

・求職者常用語

🎒 舉一反三

★私は2003年修士号の資格をとりました。

我於 2003 年獲得碩士學位。

★卒業したばかりです。

我剛從學校畢業。

★北京大学の卒業生です。

我畢業於北京大學。

專攻は英語です。

我主修英語。

大学生です。

我是大學生。

専門学校の学生です。

我是大專生。

予備校に通いました。

我上的是補習學校。

私は来年卒業する予定です。

我預計明年畢業。

山東大学は私の母校です。

山東大學是我的母校。

私は常にクラスで上位の成績です。／成績はいつも優秀です。

我在班上總是名列前茅。

不合格でした。

我不及格。

中間テストに不合格でした。

我沒通過期中考。

★ 私の成績は平均成績以上です。
_{わたし} _{せいせき} _{へいきんせいせき} _{いじょう}

我的成績都在平均成績之上。

★ 大学英語テスト六級に合格しました。
_{だいがくえいご} _{ろっきゅう} _{ごうかく}

我通過了大學英語六級考試。

★ 私は大学を中退しました。
_{わたし} _{だいがく} _{ちゅうたい}

我大學中途輟學了。

 説明工作經歷

・雇主常用語

 舉一反三

★ あなたの仕事の経験を聞きたいのですが……
_{しごと} _{けいけん} _き

我想知道你的工作經歷。

★ どんな仕事の経験をお持ちですか？
_{しごと} _{けいけん} _も

你有什麼樣的工作經驗？

★ どこの会社に勤めていましたか？
_{かいしゃ} _{つと}

你在哪家公司工作過？

★ 何の職務でしたか？
_{なん} _{しょくむ}

你的職務是什麼？

★ 何の担当でしたか？

你擔任什麼職位？

★ 肩書きは何でしたか？

你以前的職位是什麼？

★ 前はどんなお仕事でしたか？

你以前做什麼工作？

★ アルバイトの経験はありますか？

你有打工經驗嗎？

★ そこでどのぐらいやりましたか？

你在那裡工作多久了？

★ その会社で何年間働きました？

你在那家公司工作多久的時間了？

★ あそこで長くやりましたか？

你在那裡工作很久了嗎？

★ 一日何時間仕事をしていましたか？

你一天要工作多久的時間？

★ 毎日8時間働いていましたか？

你每天工作8小時嗎？

★ 毎日忙しいですか？

你每天的工作都很忙嗎？

★ 時々残業しますか？

你有時加班嗎？

★ 外資企業で働いた経験はありますか？

你在外資企業工作過嗎？

★ 前のお仕事の内容を聞かせてもらえますか？

你能談一下你以前的工作嗎？

★ 外国で働いた経験はありますか？

你有國外工作的經驗嗎？

★ 秘書の経験はお持ちですか？

你有當秘書的經驗嗎？

・求職者常用語

🔒 舉一反三

★ 今は仕事をしていません。

我目前沒有工作。

★ 私は失業しました。

我失業了。

★ 私はレイオフされました。

我被裁員了。

★ 私はクビされました。

我被解雇了。

★ 私は電気エンジニアです。

我是電器工程師。

★ 私は小売業者です。

我是一名零售商。

★ 料理人の資格をもっております。

我有廚師資格證明。

★ ××会社の社員です。

我為××公司工作。

★ ××会社で働いています。

我受雇於××公司。

★ 自営業者です。

我是自營商。

★ 個人経営の企業で働きます。

我在一家私人企業工作。

★ 国営企業に勤めております。

我在國營企業工作。

★ ある公私共営の会社で働きます。

我是一家公私合營企業的職員。

★ 私はある合弁会社の社長です。

我是一家合資公司的老闆。

★ 私はある外資企業の社員です。

我是一家外資企業的員工。

★ 私は広告部の担当者です。

我負責廣告部。

★ 私は個人経営者です。

我自己當老闆。

★ 歯医者です。

我是個牙醫。

★ そこで二十年あまりやりました。

我一直在那工作了 20 多年。

★ そこであまり仕事を長くしていませんでした。

我在那裡工作的時間不長。

★ 私は毎日 8 時間働きます。

我每天工作 8 小時。

★ 時々残業します。

我有時得加班。

★日勤するなんですけど、時々夜勤もします。
我上日班，但有時得上夜班。

★この仕事が好きです。働く時間が自由だからです。
我非常喜歡這份工作。因為工作時間很靈活。

★この仕事は大変ですけど、やる価値がありますので、好きです。
我喜歡這個工作。很辛苦但極具挑戰性。

★この仕事は面白みがないと思います。
我覺得這個工作沒意思。

★この仕事の内容はあまり変わることがありません。
這份工作太一成不變了。

★仕事を変えようと考えています。
我正考慮換工作。

★仕事をやめたいです。
我想辭職不幹了。

★世間で一番いい仕事ではないですが、最低の仕事でもないです。

它不是世界上最好的工作，但也不是最糟的。

★ 私に相応しいと思います。

對我挺合適。

★ 大変ですし、時々危険です。

很辛苦，而且有時很危險。

説明待遇

• 雇主常用語

舉一反三

★ どういう待遇をお望みですか？

你想得到什麼待遇？

★ 給料はどの位お望みですか？

你希望得到多少薪水？

★ 初任給はどの位お望みですか？

你希望起薪多少？

★ 月収いくら位希望しますか？

你希望每月拿多少錢？

★ 今の給料はいくらですか？

你現在的薪水是多少？

★ 月給はどのぐらいですか？

你的月薪是多少？

★ 給料はいいんですか？

你的薪水高嗎？

★ 前の月給はいくらでしたか？

你以前的月薪是多少？

★ 残業手当てはありますか？

有加班費嗎？

★ 業績によるボーナスはありますか？

你們有業績獎金嗎？

★ 月給は二千元でどうですか？

我每月付你 2000 元怎麼樣？

★ 健康保険とボーナスもあります。

我們還有健康保險和獎金。

★ 今の収入はどの位ですか？

你目前賺多少錢？

• 求職者常用語

🔖 舉一反三

★ 月給は三千元にしてほしいですが。

我希望薪水是每月 3000 元。

★ 八千元ぐらいほしいです。

我希望有 8000 元左右。

★ 高い給料をいただいて、その分をしっかり
働きます。

我會為您所付的高薪而努力工作。

★ それはいいと思います。

我覺得這個待遇不錯。

★ 福祉待遇はどうですか?

有什麼福利待遇?

★ 給料はよくないと思います。

我覺得薪水並不高。

★ 前の給料は高くないですけど、働き時間は
少なかったです。

以前我的薪水不高,但工作時間短。

★ 時給で計算してよろしいです。

我的薪水以小時計算就行。

★ 予想よりいいと思います。

那比我預料的要多。

★ 給料のことを聞かせていただけませんか？

我可以問問薪水的情況嗎？

★ 初任給はどのぐらいもらえますか？

我的起薪是多少呢？

★ 残業手当はございますか？

你們有加班費嗎？

★ どんな福祉待遇がございますか？

公司有什麼樣的福利？

★ 退職年金はありますか？

你們提供退休金嗎？

★ 医療保険はあるかどうかお聞きしたいんですが。

我想知道是否有醫療保險。

★ 外国にいくチャンスがありますか？

有出國的機會嗎？

★ 働く時間は何時から何時までですか？

工作時間從幾點到幾點？

★ どのぐらいくださるおつもりですか？
你想付多少薪水？

★ 病気休暇について教えていただけませんか？
能告訴我有關病假方面的問題嗎？

說明工作及職責

・雇主常用語

 舉一反三

★ あなたの履歴書に興味があります。
我對你的履歷表很感興趣。

★ どんな仕事を探していますか？
你在找什麼樣的工作？

★ どんなチャンスを探していますか？
你在尋找什麼樣的工作機會？

★ どんな仕事をしたいですか？
你要找怎麼樣的工作？

★ 何に興味がありますか？

你對做什麼感興趣？

★ この職務があるのはどうしてか？わかります
か？

你知道這個工作到底應該做些什麼嗎？

★ どんな仕事の経験がありますか？

你有哪方面的工作經驗嗎？

★ どうしてこの職務を応募しますか？

為什麼你會來應徵這個職位呢？

★ あの仕事に詳しいですか？

你熟悉那種工作嗎？

★ まだあの仕事をしていますか？

你還在從事那個工作嗎？

★ 中国語を教えた経験がありますか？

你教過中文嗎？

★ この仕事をやったことはありますか？

你以前做過這類工作嗎？

★ 学校の先生の経験をお持ちですか？

你當過老師嗎？

🌟 特徴を聞かせてもらえますか？

你有什麼專長？

🌟 日本で働いた経験がありますか？

你在日本工作過嗎？

🌟 こういう仕事の経験がありますか？

你有這項工作的經驗嗎？

🌟 どんな仕事をしましたか？

你做過什麼工作？

🌟 どんな資格をお持ちですか？

你有什麼樣的資格證明？

🌟 自己紹介をお願いします。

談談你自己吧。

🌟 教育背景を聞かせていただけますか？

說說你受教育的情況好嗎？

🌟 どんな教育をおうけになりましたか？

你受過什麼教育？

🌟 ご専攻は？

你是主修什麼的？

🌟 大学卒業ですか？

你是大學畢業嗎？

★ 大学院生なんですか？
你是研究生嗎？

★ 今はどんな仕事をしていますか？
你現在做什麼工作？

★ 前はどこで働いていましたか？
在此之前你在哪兒工作？

★ なぜ今のお仕事をやめたいですか？
你為什麼想辭去現在的工作？

★ なぜこの仕事に興味がありますか？
你為什麼會對這個工作感興趣？

★ なぜこの仕事を申請しますか？
你為什麼要申請這份工作？

★ この仕事を申請した理由を聞かせてもらえますか？
請說說你申請這個工作的動機好嗎？

★ この仕事をどう始めるおつもりですか？
你想怎樣著手這份工作？

★ この仕事をどのぐらいやるおつもりですか？

這份工作你打算做多久？

★ 個人的な質問を聞かせていただけませんか？

你不介意回答一些私人問題吧？

★ どこに住んでいますか？

你住在哪裡？

★ お幾つですか？

你多大了？

★ ご結婚なさっていますか？

你結婚了嗎？

★ アルバイトの仕事ができますか？

你能做兼職嗎？

★ 全日制で大丈夫ですか？

你能做全天班嗎？

★ 夜勤は反対ですか？

你不願意上夜班嗎？

★ 夜勤をする仕事は大丈夫ですか？

你能上夜班嗎？

★ 仕事の経験がありますか？

你有工作經驗嗎？

☆ 管理面の経験がありますか？

你有管理方面的經驗嗎？

☆ 実際の仕事経験がありますか？

你有實際工作經驗嗎？

☆ コンピューターができますか？

你會電腦嗎？

☆ 英語に詳しいですか？

你的英語好嗎？

☆ タイプと速記はどうですか？

你打字和速記能力怎麼樣？

☆ タイプのスピードはどうですか？

你打字速度怎麼樣？

☆ タイピストの仕事はお好きですか？

你喜歡打字員的工作嗎？

☆ ホテルで働いた経験がありますか？

你在飯店工作過嗎？

☆ デパートメント・マネージャーの経験があり
ますか？

你當過部門經理嗎？

★ 修理人の経験はありますか？

你做過修理工嗎？

★ ファックス機とコピー機の操作ができますか？

你會用傳真機和影印機嗎？

★ 直販の仕事を経験したことがありますか？

你有沒有做過直銷？

★ 小売の経験がありますか？

你有沒有零售的經驗？

★ セールスマンの経験がありますか？

你有業務員的經驗嗎？

★ 販売実績はどうでしたか？

你的銷售業績如何？

★ どんなものを販売しましたか？

你曾賣過什麼？

★ そこでどのぐらい働きましたか？

你在那裡工作了多久？

★ クビにされましたか？

你是被解雇的嗎？

★なぜやめましたか？

你為什麼辭職？

★どうしてあの会社_{かいしゃ}をやめましたか？

你為什麼想離開那個公司？

★あの仕事_{しごと}がお好_すきですか？

你喜歡那份工作嗎？

★なぜわれわれの会社_{かいしゃ}を選_{えら}んだのか聞_きかせてもらいたいですが。

我想知道你為什麼選擇我們公司？

★この職務_{しょくむ}はただ現場_{げんば}の仕事_{しごと}だけです。

這個職位只是個基層工作。

★単身赴任_{たんしんふにん}の仕事_{しごと}は大丈夫_{だいじょうぶ}ですか？

你願意接受單身外派的工作嗎？

★よく出張_{しゅっちょう}しても大丈夫_{だいじょうぶ}ですか？

你願意經常出差嗎？

★残業_{ざんぎょう}とかよろしいですか？

你介意加班嗎？

★もし夜勤_{やきん}があるとしたら、やりたいですか？

如果值夜班的話，你想做嗎？

★ まず<ruby>三<rt>さん</rt></ruby><ruby>ケ<rt>か</rt></ruby><ruby>月<rt>げつ</rt></ruby>の<ruby>試用<rt>しよう</rt></ruby><ruby>期間<rt>きかん</rt></ruby>があります。

我得先試用你 3 個月。

★ あなたは<ruby>内<rt>うち</rt></ruby>の<ruby>会社<rt>かいしゃ</rt></ruby>にとって<ruby>必要<rt>ひつよう</rt></ruby>な<ruby>人材<rt>じんざい</rt></ruby>です。

你是我們需要的人才。

★ <ruby>私<rt>わたし</rt></ruby>たちはあなたのことを<ruby>真剣<rt>しんけん</rt></ruby>に<ruby>考<rt>かんが</rt></ruby>えました。

我們很認真地考慮過你。

★ <ruby>今<rt>いま</rt></ruby><ruby>相応<rt>ふさわ</rt></ruby>しいお<ruby>仕事<rt>しごと</rt></ruby>がないですが。

目前沒有適合你的工作。

★ <ruby>今<rt>いま</rt></ruby><ruby>欠員<rt>けついん</rt></ruby>しておりません。

目前沒有這樣的空缺。

★ <ruby>今<rt>いま</rt></ruby>すぐ<ruby>返事<rt>へんじ</rt></ruby>できません。

我現在還不能馬上答覆你。

★ <ruby>求人<rt>きゅうじん</rt></ruby>する<ruby>時<rt>とき</rt></ruby>、<ruby>連絡<rt>れんらく</rt></ruby>いたしますので。

徵人的時候我會通知你的。

★ <ruby>相応<rt>ふさわ</rt></ruby>しいお<ruby>仕事<rt>しごと</rt></ruby>があったら、お<ruby>電話<rt>でんわ</rt></ruby>を<ruby>差<rt>さ</rt></ruby>し<ruby>上<rt>あ</rt></ruby>げます。

有合適的工作我會打電話給你。

★ <ruby>趣味<rt>しゅみ</rt></ruby>がいろいろありそうですね。

聽起來你的興趣好像很廣泛。

★ 他の趣味はありますか？

你還有什麼其他嗜好呢？

★ 趣味は何ですか？

你有些什麼業餘嗜好？

★ スポーツとかしますか？

你做過什麼運動嗎？

★ どんな人と仕事を一緒にやりたいですか？

你比較喜歡和哪種人一起工作？

★ お好みは何ですか？

你有什麼嗜好嗎？

★ 休みの時に何をしますか？

放假時你都做些什麼？

★ 自分のことをどう思いますか？

你認為自己是個怎樣的人？

★ 成功についてどう思いますか？

你認為怎樣才算成功？

★ 優秀な責任者はどんな素質を持つべきと思いますか？

你認為一個成功的管理人員應該具備什麼樣的素質？

✚ プレッシャーのある仕事では、あなたはどうやって取り組みますか？

在壓力之下，你是如何推動工作的？

✚ 仕事で一番よい業績は何ですか？

你在工作上最大的成就是什麼？

✚ どうして成功しましたか？

你是怎麼成功的呢？

✚ もっとも好きな仕事は何ですか？

你最喜歡什麼樣的工作？

✚ 一番好きではない仕事は何ですか？

你最不喜歡哪一種工作？

✚ 一番好きではないことがあるでしょう。

你總有一個最不喜歡的吧。

✚ 以前の仕事について簡単に説明してもらえますか？

簡單描述一下你以前的工作情況好嗎？

✚ 私たちの仕事に役立ちますか？

那對我們的工作有什麼幫助嗎？

✚ なぜ自分がこの仕事に相応しいと思いますか？

你為什麼認為你適合這個工作？

★ 残業についてどう思いますか？

對於加班你的看法如何？

★ 人事移動があるんですが、どう思いますか？

對於人事調動你的看法如何？

★ 五年以內にどこまで昇進したいですか？

在 5 年內你想要晉升到什麼職位？

★ 生涯で本当にやりたいことは何ですか？

在你的生活中，你真正想做的是什麼呢？

★ 長期的な目標は何ですか？

你的長期工作目標是什麼？

★ 仕事の目標はどう実現しますか？

你如何實現工作目標？

★ 一番大事な報いとして何がほしいですか？

你希望得到的最重要的回報是什麼？

★ 五年後自分は何を得るか、あなたはどう思いますか？

5 年以後，你想你會得到些什麼？

★ お金と仕事とどっちが大事だと思いますか？

金錢和工作，哪一個對你比較重要？

★ というと、こういう仕事をお好きですか？
那麼你喜歡這個方面的工作囉？

★ あなたの意見をお聞きしたいです。
我想聽聽你的見解。

★ 前はどんな環境で仕事をしましたか？
你曾經在什麼樣的環境工作過？

★ どんな仕事でしたか？
你當時負責什麼工作？

★ ああいう経験は役立ちますか？
那樣的經驗對你有幫助嗎？

★ 以前どんなカスタマーに会いましたか？
過去你曾經遇到過什麼樣的客戶？

★ 取り柄は何ですか？
你的優點是什麼？

★ あなたの特徴を聞かせてもらえますか？
能告訴我你的優點嗎？

★ あなたの長所は何だと思ってますか？
你認為你的長處是什麼？

★ 欠点は何だと思いますか？

你認為你的缺點是什麼？

★ 欠点はありませんか？

你沒有缺點嗎？

★ 弱点は何ですか？

你的缺點是什麼？

★ 前の上司はあなたのことをどう評価しましたか？

你以前的上司是怎麼評價你？

★ プレッシャーが有る中でもちゃんと働けますか？

在壓力之下你仍然可以好好地工作嗎？

★ 同僚はあなたのことをどう思いますか？

你的同事如何評價你？

★ 職業の目標は何ですか？

你的職業目標是什麼？

★ 将来の目標は？

你將來的計畫是什麼？

- 求職者常用語

🐾 舉一反三

☆ アルバイトの求人を募集していらっしゃいますか？

你們徵工讀生嗎？

☆ 秘書の仕事は募集していますか？

你們有秘書的工作嗎？

☆ アルバイトをしたいんですが、求人はありませんか？

你能為我提供一份兼職工作嗎？

☆ お店では求人がありませんか？

您店裡在徵人嗎？

☆ 貴社にはあいているポストがありますか？

貴公司有職位空缺嗎？

☆ 臨時のお手伝いさんの求人はありませんか？

在徵求臨時保姆嗎？

注釋：日本ではお手伝いさんの仕事をするならば、そうした人材派遣会社に行かなければ見つかりません。／在日本找保姆的工作時，必須要到相關的人材派遣公司，否則以個人名義是找不到的。

★ここはほかの仕事をさせていただけませんか？

這裡還有別的工作能讓我做嗎？

★今の仕事を変えたいんです。

我想換個工作。

★すぐ仕事を見つけたいです。

我想馬上找到工作。

★環境のよい仕事をさがしたいんです。

我想找個環境好一點的工作。

★ずっと安定の仕事をしたいんです。

我一直希望有份穩定的工作。

★もっといい職業に従事したいんです。

我想找一個更好的職業。

★住宅を保証してくれる会社に勤めたいです。

我要找一個可提供住宿的公司。

★通訳が要りますか？

你們需要口譯嗎？

★調理師の仕事をしたいんです。

我想找個廚師的工作。

★ 経理の仕事に相応しいと思います。

我想我很適合做會計工作。

★ レストランで働きたいのです。

我想去餐館工作。

★ 旅行会社で働きたい。

我想在旅行社工作。

★ 幼稚園の仕事がすきです。

我喜歡在幼稚園工作。

★ 今の仕事が面白いと思います。

我覺得我現在的工作很有趣。

★ 大変なんですけど、おもしろいです。

工作很辛苦，但很有趣。

★ アルバイトを探しています。

我正在找兼職工作。

★ 警備員を募集していますか？

你們在徵警衛人員嗎？

★ 求人はありますか？

你們公司缺人嗎？

★ 新聞で貴社の求人広告を読みました。

我從報紙上看到你們的徵才廣告。

★ 応募にまいりました。

我來這兒應徵。

★ いつでも仕事がはじめられます。

我隨時都可以上班。

★ 今会社は規模を縮小しているので、私はレイオフされました。

公司正在縮減規模，所以我被臨時解雇了。

★ ストックブローカーをしていた時、不愉快でした。

我在做股票經紀人的時候很不開心。

★ プレシャーのあることは分かっています。

我知道壓力會很大。

★ 御社の一メンバーとして働きたいです。

我想要成為貴公司的一員。

★ 一番優れたグルプのメンバーになりたいです。

我想成為最傑出團隊中的一員。

★ 化学の学士と物理の修士号を持っております。

我有一個化學學士學位和物理碩士學位。

経験と知識には自信があります。

我有豐富的經驗和知識。

うまく対応できると思います。

我可以應付自如。

私にやらせてください。

讓我來做這份工作吧。

私にはやるきがあります。

我很有幹勁。

私はよく働く人です。

我是個努力工作的人。

自分ならばできると思ったので、この仕事をやりたいと思いました。

我想要這份工作，因為我知道我能做得很好。

この職業で一番になりたいです。

我想要在這一行裡成為最好的。

全然かまいません。

我一點兒也不介意。

共同で事業をやりたいです。

我希望成為公司的合夥人。

★ この仕事ができると思います。

我認為我能做這項工作。

★ 特別な肩書きはほしくありません。

我不想要什麼特別的頭銜。

★ 仕事のおもしろさをみつけたいだけなんです。

我只求在工作中找到樂趣。

★ これは私にとってもっとも大事なことです。

對我而言這是最重要的。

★ 私は仕事にまじめな人間だと思っています。

我是一個工作認真的人。

★ 人とうまくやっていかれます。

我和人們相處得很好。

★ 圧力があっても仕事を順調にいけます。

我在壓力之下仍然可以將工作做得很好。

★ 事業でもっといいチャンスがほしいです。

我在事業上需要有更多的發展機會。

★ 彼女が困っているときは私が替わりを勤めま

す。
我總是在困境中替她完成任務。

★みんなにワーカホリックと言われています。
大家說我是個工作狂。

★いろんな人と一緒に仕事をしたいです。
我喜歡和各式各樣的人一起工作。

★誠実な仲間だったらだれでも一緒に仕事できます。
只要是誠實的人我都可以和他們一起工作。

★すぐみんなと一緒にやります。
我馬上就跟大家一起做。

★わりあいと冷静なほうです。
大部分時間裡我都是很冷靜的。

★プレッシャーがあればあるほどがんばれます。
在壓力之下我會越戰越勇。

★プレッシャーの大きい仕事ですか？
這是一個壓力很大的工作嗎？

★つりや絵がすきです。
我喜歡釣魚和畫畫。

★ 昔の映画と料理がすきです。

我喜歡看老電影和烹飪。

★ 私は一分間で二百文字をタイプできます。

我一分鐘能打 200 個字。

★ みんなと一緒にやりたいです。

我喜歡和大家一起工作。

★ 私は勉強ずきで、やるべきことを何でもやり
ます。

我很願意學習並做任何份內的工作。

★ 私は勉強が好きです。

我是一個主動學習的人。

★ どんな人とも、うまくやっていかれる自信が
あります。

我跟任何人都可以相處得很好。

★ きっと問題を起こしたりしません。

我向你保證決不會出問題。

★ 本当によい勉強になりました。

我的確學了很多。

★ プレッシャーのもとでどのように仕事をする
のかがわかりました。

我學會了如何在壓力下工作。

☆ <ruby>人間関係<rt>にんげんかんけい</rt></ruby>によくできます。

我善於和人打交道。

☆ どんな<ruby>仕事<rt>しごと</rt></ruby>でもやらせてください。

我可以適應任何工作。

國家圖書館出版品預行編目資料

常用日語會話 900 句／于慧、張延紅編著.
－－初版 .－－臺北市：五南，2007[民 96]
　　面；　公分

　ISBN 978-957-11-4754-3（平裝附光碟片）

　1.日本語言 - 句法　2.日本語言 - 會話

803 . 169　　　　　　　　　　　　　　96007343

1AJ1
常用日語會話 900 句

編　　著	于慧、張延紅
發 行 人	楊榮川
責任編輯	朱曉蘋
封面設計	吳佳臻
製 作 者	知識風
出 版 者	**五南圖書出版股份有限公司**
地　　址	台北市大安區(106)和平東路二段 339 號 4 樓
電　　話	(02)2705-5066　傳真：(02)2706-6100
網　　址	http://www.wunan.com.tw
電子郵件	wunan@wunan.com.tw
劃撥帳號	01068953
戶　　名	五南圖書出版股份有限公司
總 經 銷	創智文化有限公司
電　　話	(02)2228-9828　傳真：(02)32228-7858
地　　址	235 台北縣中和市建一路 136 號 5 樓
法律顧問	元貞聯合法律事務所　張澤平律師
出版日期	2007 年 6 月初版一刷 2009 年 2 月初版二刷
特　　價	新臺幣 280 元